Echec au diable

Barbara Cartland est une romancière anglaise dont la réputation n'est plus à faire.

Ses romans variés et passionnants mêlent avec bonheur aventures et amour.

Vous retrouverez tous les titres disponibles dans le catalogue que vous remettra gratuitement votre libraire.

Barbara Cartland

Echec au diable

Traduit de l'anglais
par Marie-Noëlle Tranchart

Éditions J'ai lu

Titre original :

THE DEVIL DEFEATED

NOTE DE L'AUTEUR

Dans la seconde moitié du XIXe siècle, on assista en France à une étonnante recrudescence de magie noire.

Ce « culte » était surtout pratiqué par l'intelligentsia qui se livrait à toutes sortes de pratiques sataniques : célébration de messes noires, communication avec les esprits, sciences occultes, etc.

En Angleterre, où la sorcellerie sévissait depuis la nuit des temps, ce genre d'activités était surtout l'apanage des sorcières. Les magiciens ne se comptaient plus dans l'est du pays, et l'on prétendait même que le diable était chez lui dans l'Essex.

Aucune de ces pratiques n'a cependant jamais atteint le niveau des incroyables orgies qui avaient lieu dans les cavernes du Feu de l'Enfer. C'était là qu'au XVIIe siècle, sir Francis Dashwood célébrait des messes noires en grande pompe. On peut toujours, de nos jours, visiter ces cavernes qui restent ouvertes au public à High Wycombe, dans le Buckinghamshire.

1818

1

– Vous ne devinerez jamais qui je viens de voir ! s'écria Rosabelle en faisant irruption dans la salle à manger du presbytère.

Dorina, qui était en train de servir le déjeuner, adressa à sa cadette un coup d'œil sévère.

– Tu es en retard, Rosabelle.

– Je sais... mille pardons ! Mais je viens de voir... devine ? Le nouveau comte !

– Où ? demanda Peter, la bouche pleine.

– Dans le parc.

Dorina fit le tour de la table pour poser devant sa sœur une assiettée de civet de lapin.

– Je t'ai pourtant dit plusieurs fois, Rosabelle, que tu ne dois pas aller dans le parc maintenant que le nouveau comte est au château – à moins bien entendu qu'il ne t'y invite.

A mi-voix, comme pour elle-même, elle ajouta :

– Ce qui m'étonnerait...

– Mais nous avons toujours eu le droit d'aller dans le parc, riposta Rosabelle d'un air boudeur. Pourquoi le nouveau comte nous en empêcherait-il ?

– Parce que c'est à lui, idiote ! lança Peter.

Du haut de ses onze ans, il estimait que toutes les filles étaient des sottes.

– D'ailleurs, enchaîna-t-il d'un air important, il aurait pu te faire beaucoup d'ennuis pour avoir pénétré sans autorisation sur son domaine. Dorina a raison : il ne faut plus aller là-bas.

Rosabelle fit la moue, mais cela ne suffit pas à l'enlaidir.

– Vous n'êtes tous que des rabat-joie, décréta-t-elle. Moi, j'ai été très contente de voir le nouveau comte. Il est très beau ! Il se promenait à cheval avec trois autres messieurs aussi beaux que lui et tous plus élégants les uns que les autres.

– T'a-t-il vue ? demanda Dorina.

– Non. J'étais avec Rover et, quand les chevaux sont passés, nous nous sommes cachés dans les buissons.

– Il faut que tu me promettes de ne pas retourner dans le parc, dit Dorina d'une voix ferme. D'ailleurs, je ne veux pas non plus que tu ailles dans les bois.

Rosabelle et Peter se mirent à protester avec un bel ensemble.

– Tu ne peux pas nous interdire les bois aussi !

– Nous y sommes toujours allés !

– Si nous t'obéissons, nous ne pourrons plus nous promener que sur la route.

– Elle est pleine de poussière !

– Ce sera horriblement ennuyeux !

Dorina soupira.

– Je sais... Mais je vous en prie, soyez raisonnables ! Si le nouveau comte s'aperçoit que vous vous introduisez chez lui sans autorisation, il risque de se fâcher.

Rosabelle haussa les épaules.

– Je ne vois pas pourquoi !

Elle avait à peine quinze ans – l'âge de toutes les rébellions. Mais cela ne l'empêchait pas d'adorer son aînée et, en général, de lui obéir.

Après la mort de leur mère, Dorina s'était chargée de l'éducation de ses deux cadets et cette tâche s'était avérée relativement facile.

– Rosabelle, tu...

Dorina s'interrompit car la porte de la salle à manger venait de s'ouvrir sur le maître de maison. Grand et mince, Prosper Stanfield, le pasteur du village de Little Sodbury, avait encore beaucoup de classe et de charme. Il avait passé toute sa matinée à jardiner. Le vent avait ébouriffé ses cheveux gris et le grand air rosi son visage.

Mais il ne semblait guère ravi d'avoir dû interrompre son travail pour déjeuner... La nourriture avait toujours été le cadet de ses soucis.

En revanche, il se passionnait pour la culture des... cactus. Ce qui n'avait été qu'un violon d'Ingres avant la mort de sa femme était devenu depuis une véritable passion.

« Pauvre papa, songea Dorina avec émotion. Il n'a trouvé que ce moyen pour oublier... »

Tout haut, elle demanda :

– Avez-vous passé une bonne matinée, père ? Je suis sûre que vos cactus doivent revivre sous ce beau soleil.

– Tu penses ! Et figure-toi que celui dont tu te moquais en disant qu'il ne grandirait jamais commence enfin à pousser.

– Il faudra que vous me les montriez cet après-midi, dit Dorina.

En passant à son père le plat de légumes, elle s'aperçut que Peter s'était resservi de pommes de terre, si bien qu'il n'en restait plus que trois, ainsi qu'une demi-cuillerée de chou. Mais elle ne dit rien... À son âge, Peter avait toujours faim.

La jeune fille avait de plus en plus de mal à composer des menus équilibrés avec le peu d'argent que le pasteur lui remettait chaque mois pour mener la maison.

« Sans Nanny, je me demande comment nous arriverions à nous débrouiller ! » pensa la jeune fille.

La femme de charge à leur service depuis de nombreuses années n'hésitait pas à aller trouver à tour de rôle les fermières qui assistaient à l'office du dimanche pour leur demander un canard, un poulet ou un couple de pigeons... Sans cela, le pasteur et ses enfants auraient dû se contenter d'un régime à base de lapins et d'œufs.

La cuisine de Nanny était d'une simplicité extrême. Nourrissante, certes, mais pas très raffinée... À vrai dire, cela ne dérangeait guère Dorina qui avait d'autres soucis en tête.

Celui qui la hantait en ce moment était particulièrement crucial. Il fallait que Peter fasse de bonnes études... Mais comment réussiraient-ils à payer ses frais de scolarité dans une bonne université – de préférence Eton, où son père et son grand-père avaient été étudiants ?

Quand elle ne s'inquiétait pas au sujet de Peter, c'était Rosabelle qui lui donnait des préoccupations. Sa sœur n'était encore qu'une adolescente, mais elle devenait chaque jour un peu plus jolie... et chaque jour aussi un peu plus coquette. Quand elle réclamait de nouvelles toilettes ou des chaussures neuves, Dorina ne pouvait que lui montrer son porte-monnaie vide.

– Savez-vous qui j'ai vu ce matin, père ? lança Rosabelle. Le nouveau comte ! Il montait un magnifique étalon noir qu'il a dû amener de Londres, parce qu'il n'y a jamais eu d'aussi splendide monture aux écuries de Yardcombe.

– Le nouveau comte ? fit le pasteur d'un air absent. Il en a pris du temps pour venir à Little Sodbury !

– Il était en France avec l'armée d'occupation, expliqua Dorina. Beaucoup de soldats et d'officiers sont de retour maintenant que celle-ci a été réduite.

Le pasteur hocha la tête.

– C'est une bonne chose que quelqu'un prenne enfin en main le domaine.

– J'espère que le nouveau comte est conscient de tout le travail qu'il y a à faire ! déclara Dorina d'un ton quelque peu réprobateur.

– J'ai entendu Mme Champion raconter à Nanny qu'il a donné une grande fête à Yardcombe pour célébrer son arrivée, dit Rosabelle. Il paraît que les femmes portaient tant de bijoux qu'elles scintillaient comme des arbres de Noël. Il paraît aussi que les messieurs ont tellement bu qu'ils tenaient à peine debout et qu'ils ont à moitié vidé la cave.

Dorina pinça les lèvres.

– Ce ne sont que des commérages. Tu ne devrais pas les écouter.

– Oh, moi je répète seulement ce que Mme Champion a dit à Nanny !

– Je suis sûre qu'elles ignoraient que tu les écoutais, Rosabelle.

L'adolescente pouffa.

– Les écouter ? Mais j'y étais bien obligée ! Mme Champion est sourde comme un pot et, quand elle parle, elle crie si fort qu'on l'entend à des kilomètres à la ronde.

Dorina préféra ne pas faire davantage de reproches à sa sœur. Mais cela l'ennuyait que Rosabelle s'intéresse autant à ce qui se passait à Yardcombe depuis l'arrivée du comte. Elle chercha à changer de sujet de conversation en parlant à son père de ses cactus... Mais Peter et Rosabelle ne s'y intéressaient pas le moins de monde et ne voulaient parler que du château et de son nouvel occupant.

Comment aurait-on pu leur en vouloir ? Il se passait si peu de choses à Little Sodbury...

– J'aimerais voir les chevaux du comte, dit Peter. Tu crois qu'il me permettra de les monter, Dorina ?

Cette dernière sursauta.

– Je te prierai de rester à l'écart des écuries !

Peter fit la grimace.

– Pourquoi ? Les palefreniers aiment bien que je leur donne un coup de main. Quant à Hawkins, le responsable des écuries, il a même dit que j'avais un don pour m'occuper des chevaux. Il ne m'a jamais empêché de monter et...

– Autrefois, c'était différent, coupa Dorina.

– Pourquoi ? redemanda Peter.

– Parce que nous étions très amis avec le défunt comte ! s'exclama-t-elle avec impatience. Écoutez, tous les deux, je vous ai dit et répété que nous ne devions pas nous imposer au nouvau comte ! Tout d'abord, rien ne dit qu'il sera aussi gentil que son cousin. Et ensuite nous n'avons pas encore fait sa connaissance.

– Et s'il n'est pas aussi gentil que le vieux comte, que ferons-nous ? demanda Rosabelle

– Nous resterons dans notre coin, voilà tout.

Dorina se tourna vers son père qui écoutait cette conversation sans paraître vraiment la suivre.

– Le nouveau comte n'est pas venu à l'église dimanche, père. Je me demande si vous ne devriez pas vous rendre au château pour le saluer...

Le pasteur regarda sa fille d'un air un peu égaré. On aurait cru qu'il n'avait rien compris... Puis, après quelques instants, le sens de la question le pénétra et ce fut d'un ton sans réplique qu'il déclara :

– Si le nouveau comte veut me voir, il m'enverra chercher. Je suis bien trop occupé. Si tu crois que je vais me rendre à Yardcombe sans y être invité ! Surtout si c'est pour ne pas être reçu.

– Vous avez raison, père, admit la jeune fille. Bah ! avec un peu de chance, nous le verrons à l'église dimanche prochain...

À vrai dire, elle en doutait. Si le nouveau comte ne s'était pas donné la peine d'assister à l'office dominical de la semaine dernière, pourquoi en serait-il autrement cette semaine ?

« Il ne doit pas être très pieux, c'est le moins qu'on puisse dire ! » songea-t-elle.

L'arrivée du nouveau propriétaire du château avait suscité beaucoup d'effervescence à Little Sodbury et dans les environs. Le dimanche précédent, les villageois étaient venus en foule assister à l'office célébré par le pasteur. Jamais la petite église n'avait été aussi pleine... Mais le banc réservé au châtelain était demeuré vide du début à la fin de la cérémonie. Et Dorina savait que les habitants de Little Sodbury avaient été à la fois choqués et déçus par la désinvolture de leur nouveau maître.

Lorsque la jeune fille alla porter les plats vides à la cuisine, elle y trouva Nanny en train de tartiner des tranches de cake de confiture de fraises.

– La plus grosse part sera pour votre père, dit la femme de charge à Dorina. Il ne mange pas assez en ce moment ! Le pauvre homme est si maigre qu'on pourra bientôt voir au travers !

– Il a fait honneur à votre civet, Nanny. D'ailleurs, moi aussi ! C'était très bon.

– Je fais de mon mieux, mademoiselle Dorina. Mais on ne peut pas réaliser des miracles avec un garde-manger vide. Et si vous ne voulez pas mourir de faim la semaine prochaine, vous seriez bien avisée de demander à votre père un peu d'argent.

– Il n'en a pas, Nanny. J'ai fait les comptes avec lui hier soir. Nos fonds sont pratiquement à zéro et mon père qui rêve d'acheter un cactus très rare se demandait quand il pourrait se l'offrir.

– Vous voulez mon avis, mademoiselle Dorina ? Eh bien votre père ferait mieux de planter des légumes au lieu de cactus !

Dorina éclata de rire.

– Je me souviens que maman lui avait fait un jour cette suggestion – sans résultat ! Que voulez-vous, mon père a toujours rêvé de se rendre en Afrique et au Brésil. Il n'a pas eu l'occasion de faire les beaux voyages dont il rêvait... alors il se rattrape en regardant pousser ses cactus !

– Rêver, rêver... grommela Nanny en disposant les parts de cake sur des assiettes à dessert. C'est bien tout ce que vous pouvez vous permettre en ce moment !

Nanny attendit que Dorina ait quitté la cuisine pour s'asseoir. Elle avait plus de soixante ans et quand elle restait trop longtemps debout, ses jambes percluses de rhumatismes la faisaient souffrir.

– La vie est vraiment injuste, marmonna-t-elle en s'essuyant les mains à son tablier.

Le pasteur et ses enfants devaient vivre sur un très petit budget... et pendant ce temps le nouveau comte jetait l'argent par les fenêtres.

Dès qu'il se passait quelque chose au village, les commères venaient aussitôt mettre Nanny au courant. Par exemple, elle avait été la première informée de l'arrivée du nouveau comte.

Les moindres faits et gestes de ce dernier intéressaient au plus haut point les habitants de Little Sodbury – quoi d'étonnant ?

Tout le monde aimait l'ancien comte. Ce dernier avait eu deux fils et les villageois s'attendaient à ce que l'aîné hérite un jour du domaine. Hélas, William avait trouvé la mort en tombant de cheval. Ce serait donc à Charles, le cadet, que reviendrait le château...

Mais Charles avait été tué en Belgique, un mois avant la bataille de Waterloo, pendant les manœuvres effectuées par l'armée de Wellington.

Tout le village avait pleuré les deux jeunes gens, Dorina peut-être encore plus que les autres, car elle avait pratiquement été élevée avec William et Charles, qu'elle considérait presque comme des frères.

Et maintenant, le château de Yardcombe et le domaine étaient devenus la propriété d'un cousin lointain du comte, un certain Edward Yardcombe, un parfait inconnu.

Edward Yardcombe n'avait jamais eu, en effet, l'occasion de venir au château. Son père était diplomate, et il avait été surtout élevé à l'étranger. Puis il avait fait ses études à Eton et, en sortant de l'université, était entré à l'armée. Il avait fait la guerre et avait obtenu le grade de colonel et de nombreuses décorations.

C'était tout ce que l'on avait jamais su à son sujet à Little Sodbury.

Mais depuis quelques semaines, chaque jour apportait au village sa cargaison de rumeurs toutes plus inquiétantes les unes que les autres.

On avait tout d'abord appris que le nouveau comte menait joyeuse vie à Paris. Puis son retour en Angleterre avait été annoncé...

Dès son arrivée à Londres, il avait ouvert l'hôtel particulier – où le châtelain de Yardcombe ne s'était pas rendu depuis des années – et il y donnait fête sur fête.

Il avait cependant envoyé un régisseur pour remplacer celui de Yardcombe. Le pauvre M. Jackson était très malade et ne quittait plus la chambre. Le premier soin du commandant Richardson, le nouveau régisseur, avait été de congédier le vieux Burrows, le majordome qui avait servi au château depuis au moins quarante ans. Puis il avait renvoyé Mme Meadows, la gouvernante, ainsi que la moitié des domestiques.

Les habitants de Little Sodbury n'en revenaient pas...

– Comment est-ce possible ? répétaient-ils avec stupeur. Comment le nouveau comte a-t-il pu traiter de cette manière des serviteurs qui lui étaient tout dévoués ?

Le commandant Richardson, un homme encore jeune, était un officier qu'Edward Yardcombe avait connu à l'armée. Dorina l'avait vu se promener dans Little Sodbury comme en pays conquis, avant d'entrer au *Dragon Vert*, le pub local, où, paraît-il, il avalait le cognac comme du petit-lait.

L'un des valets qu'il avait congédiés était venu se lamenter auprès de Nanny.

– Je lui ai dit : « Mais c'est ainsi que nous avons toujours procédé, monsieur ! » Savez-vous ce qu'il m'a alors répondu ? « Je m'en moque ». Et quand j'ai essayé de lui démontrer que notre ancienne méthode était la meilleure, il s'est fâché tout rouge. « Puisque vous êtes trop têtu pour comprendre que les choses ont changé ici, eh bien, prenez la porte ! Vous êtes renvoyé. »

Ce fidèle serviteur n'avait pas été le seul à se retrouver à la rue ! Le vieux Burrows, le majordome, après avoir été logé confortablement au château, après avoir été respecté par toute une armée de domestiques, devait maintenant vivre dans le cottage presque en ruine que lui avait attribué le régisseur. Quant à sa pension de retraite, mieux valait ne pas en parler ! C'était presque une aumône.

Le vieux Burrows qui avait toujours eu beaucoup de prestance n'était plus que l'ombre de lui-même. Il semblait avoir rapetissé, il s'était rétréci, il était devenu frileux... tout cela parce qu'il avait perdu le bien qu'il estimait le plus précieux au monde : son amour-propre.

Après avoir écouté les récits des uns et des autres, Nanny avait conclu d'un ton sans appel :

– C'est honteux que cet homme ait hérité du titre et du domaine. Il ne les mérite pas. Si jamais j'en ai l'occasion, je n'hésiterai pas à lui dire ce que je pense !

Elle n'était pas la seule à avoir envie de parler franchement au nouveau comte. Dorina elle-même n'aurait pas hésité...

« Comment peut-il laisser son régisseur bouleverser ainsi toute une organisation patiemment mise au point ? se demandait-elle. Et quand je pense qu'il ne s'est même pas donné la peine de venir voir comment fonctionnaient les choses au domaine avant de tout changer ! »

Un beau matin, une nouvelle se répandit à travers le village comme une traînée de poudre : le nouveau comte était arrivé tard dans la nuit à Yardcombe ! Et une grande fête à laquelle étaient conviés tous ses amis londoniens était prévue dès le lendemain...

Des échos de ce qui se passait au château ne tardèrent pas à parvenir au presbytère. Apparemment, les invités du nouveau comte n'étaient pas du genre discret ! Les dames se promenaient dès midi maquillées et poudrées comme si elles devaient se produire sur scène. Quant aux messieurs... Ah, les messieurs !

– Si vous saviez, Nanny...

Et les commères baissaient la voix pour raconter les frasques de ces derniers.

Après avoir fait honneur au cake à la confiture de fraises, Dorina débarrassa la table et aida Nanny à faire la vaisselle.

La dernière assiette essuyée, la femme de charge ôta son tablier, mit un châle sur ses épaules et refit le nœud de son bonnet noir.

– Je vais descendre au village voir si je trouve quelque chose pour le dîner. Il ne reste pratiquement rien dans le garde-manger... mais je doute que M. Banks accepte de nous faire davantage crédit !

M. Banks était le boucher. Et Dorina avait honte de le faire attendre chaque fois si longtemps avant de régler la note du presbytère – qui n'était pourtant guère élevée !

– Je parlerai à mon père ce soir, dit-elle. Je crains cependant qu'il ne puisse pas nous donner un penny de plus avant la fin du mois.

– Alors il ne nous restera plus qu'à manger des orties et des pissenlits, déclara Nanny d'un air sombre. Quelqu'un serait bien inspiré d'aller faire la leçon au nouveau comte ! Au lieu de gaspiller son héritage en fêtes, en vin et en femmes, il devrait penser aux responsabilités qui lui incombent désormais. Ce n'est pas ce pauvre M. William ou ce pauvre M. Charles – Dieu ait leurs âmes –, qui se seraient conduits de manière aussi inconsidérée !

C'était exactement l'avis de Dorina...

Après le départ de Nanny, l'idée d'aller trouver son père pour lui parler de leurs difficultés financières effleura la jeune fille. Elle la repoussa aussitôt... Le pasteur était retourné s'occuper de ses cactus et le moment aurait été mal choisi pour le déranger.

« Il fait un temps magnifique... Si j'allais marcher un peu ? »

Mais où ? Les bois lui étaient interdits, tout comme à Rosabelle et à Peter... Un sentiment de perte irréparable la submergea. Depuis qu'elle était enfant, elle avait l'habitude de se promener dans les bois de Yardcombe. Elle ne pourrait donc plus jamais aller rêver dans les allées moussues à l'ombre des grands arbres ?

Tout cela, à cause du nouveau comte ! À cette pensée, une colère sans nom la submergea et elle crispa les poings.

– Je le hais, fit-elle à mi-voix.

À ce moment-là, on frappa un coup léger à la porte de derrière. C'était sûrement une visite pour Nanny car les visiteurs qui désiraient voir le pasteur sonnaient à l'entrée principale.

Dorina alla ouvrir et trouva une villageoise sur le seuil.

– Bonjour, madame Bell. Je suis désolée, mais Nanny vient de sortir.

– C'est-à-dire que... euh...

Visiblement mal à l'aise, Mme Bell hésita.

– J'aimerais autant vous parler à vous, mademoiselle Dorina.

– Entrez donc, madame Bell.

La jeune fille emmena sa visiteuse au salon et la fit asseoir.

– Dites-moi vite ce qui vous tracasse. Mary va bien, j'espère ? Elle est toujours contente de travailler au château ?

Mme Bell soupira.

– C'est justement au sujet de ma fille que je suis venue vous trouver, mademoiselle Dorina.

De nouveau, elle hésita.

– A vrai dire, c'est au pasteur que j'aurais dû m'adresser... Mais je respecte tant votre père que... euh, que je n'ose pas lui parler de cette histoire. C'est tellement embarrassant !

Elle contempla ses mains crispées.

– Voyez-vous, j'aime autant vous raconter ces choses-là à vous... Je sens que vous comprendrez mieux !

Que de circonlocutions !

« Je me demande où veut en venir cette brave femme ! » se dit Dorina, intriguée.

À voix haute, elle déclara :

– N'hésitez pas à vous confier à moi, madame Bell. Je vous écoute. Parlez-moi comme vous auriez parlé à ma mère... si elle était encore là.

Mme Bell prit une profonde inspiration.

– Eh bien, voilà...

Après avoir fait ses adieux à ceux de ses invités qui avaient voulu regagner Londres après déjeuner, le comte se rendit dans la bibliothèque.

C'était une vaste pièce dont les murs étaient couverts, du sol au plafond, de rayonnages chargés de livres. Ces centaines, ces milliers d'ouvrages constituaient une bibliothèque fabuleuse, peut-être la plus complète de tout le pays.

Malheureusement, ces livres n'étaient pas répertoriés, ce qui rendait les recherches difficiles, pour ne pas dire impossibles.

« Quand j'aurai le temps de m'occuper de cela, j'engagerai un bibliothécaire », se dit le comte.

À pas lents, il se dirigea vers l'une des hautes fenêtres qui donnaient sur un parc parfaitement entretenu. Là-bas, quelques daims apprivoisés s'étaient mis à l'ombre des grands chênes.

Le château de Yardcombe était vraiment impressionnant et le comte avait peine à croire que tout ceci lui appartenait désormais.

Quand, dix-huit mois auparavant, il avait appris que la mort de Charles Yardcombe faisait de lui l'héritier présomptif d'une fortune considérable, il s'était demandé s'il ne rêvait pas.

Pour lui qui ne se voyait pas d'autre possibilité d'avenir que dans l'armée, cela paraissait absolument fantastique. Il avait toujours entendu son père parler avec beaucoup de respect de leur cousin lointain le comte de Yardcombe. Mais, étant donné qu'il avait passé la plus grande partie de son enfance et de son adolescence à l'étranger, il n'avait jamais eu l'occasion de se rendre au château et ne connaissait pas ses cousins.

Rongé par la maladie, désespéré par la mort de ses deux fils, le vieux comte n'avait pas tardé à s'éteindre. Mais Edward, qui commandait un régiment de l'armée d'occupation sur le continent, s'était trouvé à son grand regret dans l'impossibilité d'assister à ses obsèques.

Une fois libéré de l'armée, il avait passé un certain temps à Paris avec le duc de Wellington. Si Edward Yardcombe n'était personne, en revanche, tout le monde voulait être l'ami du nouveau comte de Yardcombe. Les femmes en particulier se disputaient ses faveurs...

Après tant d'années de strict régime militaire, Edward trouva les salons parisiens bien agréables. Mais il avait hâte de retourner en Angleterre et de visiter les domaines qui étaient désormais les siens.

Il fut accueilli à Londres par Jarvis Yardcombe, un autre cousin qu'il ne connaissait pas davantage. D'autorité, Jarvis avait fait rouvrir la résidence des comtes de Yardcombe, un somptueux hôtel particulier donnant sur Berkeley Square.

Très lancé dans la société, Jarvis guida les premiers pas de son cousin dans un monde dont ce dernier ignorait tout. Il l'emmena chez le meilleur tailleur de la capitale, le fit inscrire au très select *White's Club*, lui fit connaître tous ses amis... et aussi ses belles amies, les courtisanes à la mode.

Mais les courtisanes laissèrent le nouveau comte de Yardcombe indifférent, non parce qu'elles manquaient de savoir-faire, mais parce qu'il avait une liaison passionnée avec la ravissante lady Maureen Wilson, une femme mariée de la meilleure société.

Après s'être laissé étourdir pendant plusieurs semaines par les plaisirs de Londres, Edward décida qu'il était grand temps pour lui de se rendre à Yardcombe.

Son intention était d'y aller seul : il y avait certainement beaucoup à faire au château depuis la disparition du vieux comte. Il voulait inspecter tranquillement le domaine, faire la connaissance des villageois et de tous ceux qui travaillaient pour lui, rendre visite aux châtelains voisins...

Mais Jarvis avait d'autres idées ! Sans même demander son avis à son cousin, il organisa une grande soirée à Yardcombe et y convia tous ses amis. Si bien qu'au lendemain de l'arrivée du comte, le château était plein d'invités. Naturellement, lady Maureen était là, elle aussi...

Et au lieu de se mettre au travail comme il l'avait souhaité, Edward se trouva de nouveau entraîné dans une succession de fêtes et de plaisirs.

Après s'être bien amusés pendant quelques jours à Yardcombe, ses invités prenaient maintenant le chemin du retour.

Le comte n'en était pas fâché : il avait hâte d'aborder les choses sérieuses.

Il en était là de ses réflexions quand la porte de la bibliothèque s'ouvrit.

– Mlle Dorina Stanfield, milord, annonça le majordome d'une voix de stentor.

Une jeune fille pénétra dans la pièce. Un seul coup d'œil suffit au comte pour s'apercevoir qu'elle était très jeune, très jolie – et très mal habillée.

Elle s'approcha de lui en le regardant droit dans les yeux. Alors, à sa grande stupeur, il se rendit compte qu'elle était furieuse. Et même... Mais non, il ne se trompait pas ! C'était bien de la haine qu'il lisait dans ses prunelles grises irisées d'or !

2

Le comte s'inclina devant la jeune fille.

– Bonjour, mademoiselle Stanfield.

Ignorant la main qu'il lui tendait, elle fit une petite révérence avant de déclarer :

– Je suis venue vous parler, milord, d'une affaire *très importante*.

Elle avait tellement accentué ces derniers mots que le comte haussa les sourcils d'un air surpris.

– Je vous en prie, asseyez-vous, mademoiselle, et expliquez-moi ce qui vous amène.

L'espace d'un instant, il crut qu'elle allait refuser. Mais elle se dirigea enfin vers le siège qui paraissait le plus dur et le plus austère au milieu de tous les fauteuils confortables que comptait la bibliothèque. Elle prit place à l'extrême bord, croisa les bras et le fixa d'un air accusateur.

Un silence s'éternisa... Puis, en choisissant ses mots, Dorina commença :

– Je suppose que vous ignorez, milord, que parmi les femmes de chambre engagées par votre *nouvelle* gouvernante, se trouve une jeune fille du nom de Mary Bell ?

Cette fois, Edward ne laissa pas passer l'insinuation.

– Ma *nouvelle* gouvernante ? Et pourquoi, je vous prie, ne devrais-je pas avoir de gouvernante pour diriger cette maison, mademoiselle Stanfield ?

– Cela vous regarde, milord, d'employer qui vous voulez, riposta la jeune fille. J'estime cependant que dans une demeure respectable comme l'était le château de Yardcombe, certaines choses ne devraient pas se passer.

– Que s'est-il passé, s'il vous plaît ? Et comment l'avez-vous appris ?

– C'est Mme Bell, la mère de Mary, qui m'a mise au courant. Il faut tout d'abord que vous sachiez que Mary n'a que seize ans ! Ce matin, elle a couru se réfugier auprès de sa mère, en larmes et complètement bouleversée. Ce qui n'a rien d'étonnant étant donné les circonstances !

– Lesquelles ?

L'affaire était trop grave pour que Dorina mâche ses mots.

– Apprenez, milord, que l'un de vos invités a tenté d'abuser d'elle.

Le comte tressaillit.

– Plaît-il ?

– Heureusement, Mary a réussi à échapper à son agresseur. Affolée, elle est allée trouver votre gouvernante qui, au lieu de la réconforter, lui a dit que si à l'avenir elle refusait de se plier aux exigences des amis de milord, elle serait renvoyée sans la moindre référence ! Et que, de surcroît, il ne resterait plus aux siens qu'à quitter le village, car on les mettrait séance tenante à la porte de leur cottage !

Jusqu'à présent, Dorina avait réussi à garder son calme et à parler très distinctement. Mais sa patience avait des limites... Soudain submergée de colère, elle se leva d'un bond.

– Comment des choses pareilles peuvent-elle se passer à Yardcombe ? C'est... c'est honteux ! C'est ignoble ! Du temps de votre cousin, jamais cela ne se serait produit !

Edward la regarda d'un air pensif.

– Je suppose que vous êtes sûre des faits que vous avancez ? Il ne s'agit pas du produit de l'imagination d'une jeune fille un peu hystérique ?

– J'aurais dû me douter que vous auriez une telle réaction ! s'exclama Dorina avec mépris.

Elle s'était pourtant promis de ne pas s'emporter... Mais ce fut avec une fureur contenue qu'elle enchaîna :

– Votre nouveau régisseur a renvoyé tous les vieux serviteurs qui adoraient votre cousin et se seraient jetés au feu s'il le leur avait demandé ! Ils avaient eu jusqu'à présent l'impression de faire partie d'une grande famille. Ils étaient si fiers de Yardcombe que jamais ils n'auraient accepté qu'il s'y passe quelque chose... quelque chose de mal.

Le comte ouvrit la bouche mais la jeune fille ne lui laissa pas le temps de parler.

– Votre nouveau régisseur n'a rien eu de plus pressé que de renvoyer tous ces bons et loyaux serviteurs pour les remplacer par des vauriens, des gens que jamais votre cousin n'aurait accepté d'employer !

– J'ai peine à vous croire, murmura Edward.

Dorina haussa les épaules.

– Naturellement, vous pensez que je mens !

Un sanglot la secoua et sa voix se cassa. Elle s'obligea cependant à continuer.

– Voulez-vous savoir ? Eh bien j'ai honte pour vous, milord ! Et, comme tout le monde ici, je regrette que vous ayez pris la place d'un homme qui était tellement aimé et respecté.

Le comte se mit debout à son tour.

– Mademoiselle Stanfield, j'aimerais que nous récapitulions tout dès le début. Et tranquillement, si possible… Avant de prendre la moindre décision, je voudrais être certain que cette jeune fille – Mary Bell, m'avez-vous dit ? – n'a pas inventé cette histoire. Mais expliquez-moi tout d'abord pourquoi vous vous intéressez tant à ce qui se passe chez moi.

Il parlait d'un ton conciliant, mais avec beaucoup d'autorité. Un peu gênée, Dorina s'en voulut de s'être mise en colère. Elle alla se rasseoir et le comte l'imita.

– Le majordome vous a annoncée comme étant Mlle Dorina Stanfield. Vous habitez au village ?

– Mon père est le pasteur de Little Sodbury, milord.

– Je comprends un peu mieux ! C'est à lui que les villageois s'adressent lorsqu'ils ont des ennuis. Mais dans le cas qui nous occupe, comment se fait-il que ce soit *vous* qu'ils soient allés trouver ?

– Mme Bell, la mère de Mary, est une femme très réservée. Cela l'aurait embarrassée de parler à mon père de… de choses pareilles.

– Ce qui me surprend – surtout ne le prenez pas mal –, c'est qu'elle ait préféré consulter une très jeune fille dépourvue d'expérience.

– Si vous voulez dire par ces mots que nous n'avons pas l'habitude de tels comportements à Little Sodbury, vous avez raison, milord. Car je peux vous assurer que votre cousin ne les aurait pas tolérés. D'ailleurs William et Charles, ses fils, n'auraient pas admis davantage que leurs invités se conduisent aussi mal.

Elle adressa au comte un regard chargé d'hostilité avant d'enchaîner :

– Non, jamais cela n'aurait pu se passer autrefois ! Et si par hasard votre cousin avait commis l'imprudence de recevoir au château un… euh, un monsieur incapable de dominer ses instincts, il l'aurait bien vite remis à sa place. Quant à l'ancienne gouvernante, elle aurait tout de suite pris la défense de l'employée agressée au lieu de... de la menacer de représailles !

Le comte demeura silencieux pendant quelques instants.

– Je comprends que tout cela vous ait choquée, mademoiselle Stanfield, déclara-t-il enfin. Je suis navré que l'un de mes invités se soit conduit aussi mal – si toutefois cette lamentable histoire est vraie.

– Bien sûr qu'elle est vraie ! s'écria Dorina. Mary est une jeune fille en qui l'on peut avoir toute confiance. Jamais je ne l'ai entendue dire un mensonge. De plus, elle est aussi timide que pudique et candide... N'allez pas vous imaginer qu'elle ait encouragé le monsieur en question ! Elle a eu au contraire très peur. Nous n'avons pas l'habitude, dans notre paisible campagne, de rencontrer des êtres aussi... aussi dépravés.

– Eh bien, vous avez eu de la chance, mademoiselle Stanfield ! lança le comte avec une amertume teintée de sarcasme. Parce que je peux vous assurer que le monde est loin d'être aussi rose que vous l'imaginez !

Il avait vu, tant à Paris qu'à Londres, des hommes prêts à n'importe quelle bassesse pour satisfaire leurs désirs. Mais il n'allait pas effaroucher la fille du pasteur en lui racontant toutes ces horreurs...

Quoi qu'il en soit, Edward était très ennuyé que la sensibilité d'une petite femme de chambre ait été blessée par l'un de ses invités. Cependant, avant de condamner ce dernier, il voulait être sûr des faits.

– Si vous estimez que ce monsieur avait tout à fait le droit de se conduire comme il l'a fait, je n'ai plus rien à dire, milord, reprit Dorina. Cependant, puis-je vous demander – si tout au moins vous avez un minimum de sens de la justice – de ne pas mettre les Bell à la porte de leur cottage ? Les parents de Mary et ses grands-parents ont servi la famille Yardcombe depuis des années et...

Le comte l'interrompit en s'écriant :

– Vous me croyez capable d'agir de la sorte ?

C'était bien la première fois qu'une femme lui faisait la leçon... Certes, elle était jeune et jolie, mais ce n'était pas une raison ! Pour qui se prenait-elle ?

– De votre part, je m'attends à tout, rétorqua Dorina avec mépris. La manière dont votre régisseur a traité les fidèles domestiques de votre cousin a horrifié tous les habitants de Little Sodbury et de la région – mon père le premier !

– Pourquoi n'est-il pas venu me trouver ?

– Il pensait que vous refuseriez de l'écouter et peut-être même de le recevoir.

– Le devoir du pasteur d'un village est de tenir le châtelain au courant de tout !

Dorina ouvrit de grands yeux : elle était loin de s'attendre à une réaction aussi humaine de la part d'un homme qu'elle avait déjà jugé et condamné.

– Oui, les villageois ont été très choqués par la brutalité avec laquelle le nouveau régisseur a jeté à la porte de bons serviteurs, reprit-elle. Même Burrows ! Pensez, il travaillait au château depuis quarante ans et a été renvoyé comme un malpropre !

– Qui est Burrows ?

– Le majordome. Il n'avait pas son pareil pour apprendre leur métier aux jeunes valets. Et il astiquait l'argenterie avec tant de soin qu'on aurait pu se mirer dedans ! Quant à Mme Meadows, la gouvernante, le régisseur l'a elle aussi mise dehors. Il lui a octroyé une pension si maigre qu'elle va probablement mourir de faim. La pauvre femme vit maintenant dans un misérable cottage dont le toit fuit et dont toutes les vitres sont cassées.

Les larmes perlèrent aux longs cils de la jeune fille tandis qu'elle ajoutait d'une voix à peine audible :

– Comment... comment avez-vous pu permettre tout cela ? Comment avez-vous pu vous montrer aussi cruel envers des gens qui aimaient tant le défunt comte et ses fils William et Charles ?

Elle s'essuya les yeux dans un geste rageur et, fâchée de cet instant de faiblesse, alla jusqu'à la fenêtre.

– Quel parc magnifique, murmura-t-elle. Ce château est l'un des plus beaux du pays ! À Little Sodbury, tout le monde rêvait d'y travailler.

– Pourquoi parlez-vous au passé ?

– Parce que maintenant, les gens se demandent ce qui les attend... et ils ont peur. Vous avez donné à votre régisseur des instructions...

– Lesquelles, s'il vous plaît ? coupa le comte.

– Vous lui avez dit de renvoyer les vieux serviteurs et d'augmenter les fermages ! Alors que partout ailleurs, ceux-ci ont baissé à cause de la crise que traverse actuellement l'agriculture !

– Richardson aurait renvoyé des serviteurs et augmenté des fermages ? répéta le comte comme s'il avait peine à en croire ses oreilles. Est-ce la vérité ?

– Encore une fois, vous doutez de ma parole !

La jeune fille se mit à trembler de rage.

– Si vous ne me croyez pas, milord, vous n'avez qu'à consulter les livres de comptes du domaine ! Vous pouvez aussi descendre au village et poser des questions aux gens ! Et demandez donc à Mary Bell de vous raconter ce qui lui est arrivé hier soir !

Tout cela semblait absolument impensable au comte...

« Il faut quand même que je fasse une petite enquête », se dit-il.

Tout haut, il déclara :

– Je suis très étonné par vos révélations, mademoiselle Stanfield. Je n'étais pas au courant des initiatives de mon régisseur, je l'avoue...

– Oh !

Dorina se retourna d'une pièce.

– Alors selon vous, il n'aurait pas agi sur vos instructions ?

– J'étais encore à l'armée lorsque le notaire m'a appris que l'ancien régisseur du château était trop malade pour assurer ses fonctions et qu'il fallait le remplacer. J'ai alors engagé le commandant Richardson, un excellent soldat.

– Les bons soldats ne font pas forcément de bons régisseurs. Votre commandant Richardson a instauré de nombreux changements en votre nom. On l'a vu se promener dans tout le village comme en pays conquis...

Dorina laissa échapper un rire amer.

– Et si le pub du *Dragon Vert* a souvent reçu sa visite, il ne s'est même pas donné la peine de venir présenter ses respects à mon père !

Le comte avait peine à croire Dorina. Mais cette dernière semblait tellement énervée qu'il jugea plus sage de ne pas la contredire.

– Voici ce que je suggère, mademoiselle Stanfield. Vous allez me laisser enquêter sur ce qui s'est passé avant mon arrivée. Puis...

Il s'interrompit car la porte venait de s'ouvrir brusquement. Lady Maureen fit irruption dans la pièce dans un tourbillon de soie verte. Elle était coiffée d'un chapeau de plumes d'autruche, elle aussi teintes en vert, et un collier d'émeraudes étincelait à son cou.

Dorina contempla la nouvelle arrivante avec stupeur. Jamais de sa vie elle n'avait vu femme aussi extraordinairement vêtue. De plus, lady Maureen était maquillée comme une actrice... De la poudre rose recouvrait son visage, et une épaisse couche de rouge mettait en relief ses pommettes ainsi que ses lèvres sensuelles.

Elle s'accrocha au bras du comte dans un geste possessif.

– Edward ! Vous alliez donc me laisser partir sans même me faire vos adieux ?

S'apercevant à ce moment-là que le comte n'était pas seul, elle eut un petit rire sarcastique.

– Oh ! Mais je vois que vous prenez déjà vos devoirs de châtelain très au sérieux ! Qui est cette jolie villageoise ? Une gardeuse d'oies ou une trayeuse de vaches ? Vous voulez me rendre jalouse, ma parole !

– Maureen...

– Très cher Edward ! coupa-t-elle avec une fausse commisération. Je prévois que vous vous trouverez bientôt débordé par mille soucis de la plus haute importance. Mon pauvre ami ! Entre la culture des choux, celle des pommes de terre ou l'élevage des cochons, vous n'aurez bientôt plus une minute à vous !

Le comte se dégagea.

– Maureen, vous vous trompez grossièrement. Laissez-moi vous présenter Mlle...

Mais quand il se tourna vers l'endroit où se tenait Dorina quelques instants auparavant, elle n'y était plus ! Stupéfait, il jeta un coup d'œil autour de lui et la vit quitter discrètement la pièce.

– Attendez ! cria-t-il.

Mais dejà Dorina avait disparu.

Lady Maureen noua ses bras autour du cou du comte. Les lèvres contre les siennes, elle murmura :

– Vous savez, ces petites villageoises ont peut-être l'air appétissant... Mais vous déchanterez vite ! Elles sont si bêtes ! Rentrez avec moi à Londres, mon cher Edward ! Je vous assure que je m'arrangerai pour que vous ne le regrettiez pas.

De nouveau, le comte la repoussa.

– Je vous ai déjà dit, Maureen, que je ne retournerai pas à Londres tant que je n'aurai pas visité sérieusement le domaine dont je viens d'hériter. D'ailleurs, j'ai déjà eu le temps de découvrir qu'il y avait énormément à faire !

Lady Maureen haussa les épaules.

– Bah ! vous en aurez vite assez ! Vous ne vous imaginez pas combien on s'ennuie à la campagne...

Après une pause, elle ajouta avec une moue :

– Remarquez, Londres sans vous... Je vais moi aussi m'ennuyer à mourir !

Un homme se montra à la porte.

– Venez, Maureen ! Les chevaux s'impatientent... et ils ne sont pas les seuls.

– J'arrive, Jarvis. J'arrive ! J'essayais de persuader votre cousin de changer d'avis et de nous accompagner.

– Vous n'y arriverez pas, j'ai déjà épuisé tous les arguments possibles hier soir. Il s'entête... Laissons-le à ses moutons et à ses champs ! Quand il se rendra compte que rien ne se passe jamais à la campagne, il nous rejoindra bien vite là où l'on sait s'amuser.

Jarvis regarda le châtelain avec ironie.

– N'est-ce pas, Edward ?

Ce dernier ne répondit pas. Il détaillait la tenue de son cousin.

« Quel dandy ! se dit-il. Il s'habille avec beaucoup trop de recherche – surtout pour la campagne. Il doit dépenser une fortune chez le tailleur ! Pour ne pas parler du reste... »

Le comte avait en effet l'intuition que Jarvis Yardcombe gaspillait beaucoup d'argent de manière fort peu recommandable. Le jeu, les chevaux, les femmes... Tout cela coûtait extrêmement cher !

– J'espère que vous avez apprécié votre première fête à Yardcombe, Edward, reprit Jarvis. Cela m'ennuie de vous laisser, mais j'ai promis à Maureen de la ramener à Londres. Il y a demain une soirée que ni l'un ni l'autre ne voulons manquer.

Après une pause, il ajouta :

– Allons, ne vous montrez pas si têtu ! Venez avec nous, je vous assure que vous ne le regretterez pas.

– N'insistez pas, j'ai d'autres projets.

– Lesquels ? s'écria lady Maureen avec impétuosité.

– Je vous l'ai déjà dit : je veux m'occuper du domaine. Il y a tant à faire ici ! Si vous croyez que j'ai le temps de m'amuser !

– Oh ! Vous n'avez même plus de temps pour moi, mon cher Edward ?

Lady Maureen le regarda d'un air de reproche ponctué d'un éloquent battement de cils. Soudain agacé – sans comprendre pourquoi, car jusqu'à présent la passion que lui témoignait la jolie femme de lord Wilson l'avait flatté –, le comte déclara d'un ton froid :

– Jarvis a dit que les chevaux s'impatientaient, Maureen. Ne prolongeons pas nos adieux. Je ne veux pas vous retenir davantage...

Jarvis renchérit.

– Edward a raison. Les adieux sans fin m'ont toujours paru d'un ridicule achevé. Venez, Maureen !

Cette dernière embrassa le comte passionnément.

– Au revoir, mon cher Edward... Je ne cesserai de penser à vous pendant tout le temps que durera notre séparation. Seigneur ! Comme je vais me sentir seule !

Fermement, le comte la prit par le bras et la conduisit dans le hall où quelques invités – les derniers –, l'attendaient pour prendre congé et le remercier de son hospitalité. Parmi eux se tenait sir Roger Chatham. En dépit de l'aversion que le comte éprouvait à l'égard de cet homme, Jarvis avait insisté pour l'inviter.

– C'est mon meilleur ami ! Vous le connaissez encore mal, mais je vous assure que vous ne trouverez pas de compagnon plus agréable ! De plus, il est de première force aux cartes.

En voyant le visage aux traits dissolus de ce débauché, Edward se demanda si ce n'était pas lui qui avait agressé la jeune Mary Bell... ce qui lui avait valu une semonce en règle de la fille du pasteur !

Sir Roger Chatham lui adressa un regard si sournois que le comte réprima un frisson. Jamais il ne pourrait faire confiance à pareil individu !

« Si c'est lui qui a tenté de violer la petite femme de chambre, il ne remettra pas les pieds ici ! »

Toutefois, tant qu'il n'aurait pas mené son enquête, le comte ne pouvait pas accuser l'ami de Jarvis. Il se contenta donc de le saluer avec une politesse glaciale.

Avant de monter dans un élégant phaéton tiré par quatre splendides chevaux bais, lady Maureen lui envoya un baiser du bout des doigts.

– Si vous n'êtes pas à Londres dans une semaine, Edward, je demanderai à Jarvis de me ramener ici.

À mi-voix, elle ajouta :

– Je ne peux pas vivre sans vous !

Feignant de ne pas avoir entendu, le comte alla aider deux autres invitées à monter en voiture. Puis tous les attelages s'ébranlèrent en même temps. Des mains et des mouchoirs s'agitèrent.

– Au revoir, Edward !

– À *très* bientôt !

– Merci encore !

– C'était vraiment un séjour très agréable...

– Merci mille fois !

Lorsque la dernière voiture disparut au tournant de l'allée, le comte s'écria :

– Ouf, c'est fini !

– C'est fini... fit en écho Harry Harringdon, qui se tenait derrière lui sur les marches du perron.

Dans un éclat de rire, il ajouta :
– J'étais sûr que vous alliez pousser un soupir de soulagement ! Drôle de bande... Me permettez-vous un conseil, Edward ?
– Je vous écoute.
– Eh bien, la prochaine fois que vous donnerez une fête, choisissez vous-même vos invités plutôt que de laisser ce soin à Jarvis.
– Oh ! Sur ce point je suis entièrement de votre avis, Harry.
Avec une grimace, le comte ajouta :
– Et je n'aime pas du tout – mais alors pas du tout ! – ce Chatham qu'il a tenu à amener ici.
– Moi non plus. Quel homme antipathique ! J'ai d'ailleurs entendu raconter à son sujet quelques histoires assez sordides...
– Par exemple ?
Harry Harringdon hésita pendant quelques instants avant de répondre.
– Il a eu plusieurs fois des ennuis pour avoir tenté de prendre par la force ce qu'on lui refusait, déclara-t-il enfin. Voyez-vous, il a tendance à serrer d'un peu trop près les très jeunes filles... Et comme il n'a pas exactement le physique d'un séducteur, celles-ci le repoussent avec horreur.
Le comte pinça les lèvres.
– Pourquoi ne m'avez-vous pas parlé de cela plus tôt ?
Son ami le regarda avec surprise.
– Je ne pensais pas que vous vous intéressiez aux ragots de ce genre !
– Dans certains cas, il vaut mieux être prévenu, rétorqua le comte en gravissant le perron d'un pas vif.
Harry lui emboîta le pas.
– Pourquoi ? Chatham aurait-il encore fait des siennes ?

– Je le crains...

Edward n'en dit pas plus et son ami n'insista pas. Tous deux se comprenaient si bien que les paroles étaient parfois inutiles. Ils avaient fait connaissance à Eton et étaient vite devenus inséparables. Après avoir terminé leurs études, tous deux avaient choisi la carrière militaire.

« Il faut que je parle à Harry de la fille du pasteur », se dit le comte.

S'apercevant que le majordome n'était toujours pas en faction dans le hall, il fronça les sourcils.

– Allez dans la bibliothèque, Harry. Je vous y rejoins tout de suite... Il faut que je vous raconte l'étrange visite que je viens de recevoir.

Sans poser de questions, Harry se rendit dans la bibliothèque et le comte demanda à un valet :

– Où est Carter ?

Le domestique hésita pendant quelques instants avant de répondre avec une visible réticence :

– M. Carter se repose, milord.

Le comte jeta un coup d'œil à la pendule qui se trouvait au fond du hall et haussa les sourcils.

– Il se repose ? À cette heure-ci ? Allez lui dire que je veux lui parler !

– C'est-à-dire, milord, que... euh, M. Carter a dit qu'il ne voulait être dérangé sous aucun prétexte.

– Par exemple ! Où est-il ?

– À l'office, je crois, milord.

– Je vais aller le déranger, moi ! Et de ce pas !

Le comte n'ignorait pas que la coutume voulait qu'après le déjeuner le majordome ait droit à un peu de repos. Mais Carter était inexcusable de ne pas avoir été présent dans le hall au moment du départ des invités !

« De plus, on ne peut pas dire que les repas soient servis dans toutes les règles de l'art. Ce Carter manque d'expérience ! Je me demande si Richardson a examiné sérieusement ses références. »

Le comte avait l'intention de demander des explications à son régisseur.

« S'il a renvoyé la plupart des domestiques de mon oncle, je suppose qu'il avait ses raisons... Mais il devra me les donner. »

Le comte se trouvait encore à l'armée lorsqu'il avait chargé le commandant Richardson de se rendre à Yardcombe toutes affaires cessantes, pour remplacer l'ancien régisseur qui était trop malade pour songer à reprendre son poste.

Avant son départ, il se souvenait très bien que Richardson lui avait posé cette question :

– Que voulez-vous exactement que je fasse en attendant votre arrivée, milord ?

– Il est difficile pour moi de vous répondre avec précision, étant donné que je ne suis jamais allé à Yardcombe. Mon cousin était âgé et je suppose qu'il a laissé les choses se dégrader peu à peu...

En riant, le comte avait enchaîné :

– Je vous fais confiance pour remettre de l'ordre ! Et tâchez d'insuffler un peu de jeunesse et de vitalité dans une maison qui a dû petit à petit se transformer en hospice de vieillards !

À ce moment-là, il plaisantait à moitié. Mais il semblait que Richardson l'ait pris au pied de la lettre !

Le comte arrivait dans les quartiers réservés aux domestiques. Ce long couloir menait aux cuisines. À droite, on trouvait la salle à manger du personnel, à gauche des réserves et, enfin, le petit bureau du majordome.

Sans se donner la peine de frapper, le comte en ouvrit brusquement la porte.

Il eut un haut-le-corps en voyant le commandant Richardson, un officier de cavalerie à la moustache conquérante, installé dans un confortable fauteuil... avec une femme sur les genoux ! Le comte reconnut sans peine cette dernière : elle lui avait fait une révérence en le rencontrant dans un couloir et s'était présentée à lui comme étant la gouvernante.

En face d'eux, dans un autre fauteuil, se tenait Carter, le majordome. Il était en manches de chemise et sa veste noire à queue-de-pie gisait sur le tapis.

Les joues violacées, les yeux trop brillants, tous les trois avaient des verres à la main. Le comte vit sur le bureau plusieurs bouteilles vides de son meilleur bordeaux ! Celui qu'il avait offert à ses invités avec le déjeuner !

Sidéré, il demeura pendant quelques secondes sur le seuil, ne perdant pas un seul détail du lamentable spectacle qui s'offrait à ses yeux.

Le commandant Richardson eut un hoquet.

– Vous... vous avez besoin de moi, milord ? demanda-t-il d'une voix pâteuse.

Il fit un effort pour se lever mais ne réussit qu'à renverser son verre sur la robe de la gouvernante qui hurla d'une voix suraiguë :

– Tu ne peux pas faire attention, espèce d'abruti !

Le comte entra dans la pièce et, les bras croisés, toisa la scène avec dégoût.

– Avant ce soir, vous aurez quitté tous les trois cette maison. Sans gages ni références.

Sur ces mots, il tourna les talons et sortit en claquant la porte.

Tout en regagnant le hall, il se demanda comment il avait pu être assez inconséquent pour ne pas avoir songé à surveiller ceux auxquels il avait donné tant de responsabilités.

« J'ai fait preuve d'une incroyable légèreté ! se dit-il avec confusion. J'aurais dû venir seul à Yardcombe, au lieu de débarquer accompagné de dizaines d'invités ne songeant qu'à s'amuser... Ce n'était pas le moment de faire la fête, mais de reprendre le domaine en main ! »

– Merci pour cet excellent thé, ma petite Dorina. Maintenant, je retourne à mes cactus... dit le pasteur.

Après son départ, la jeune fille se mit en devoir de rassembler les tasses de thé vides pendant que ses cadets se partageaient le dernier morceau de gâteau.

– Je crois qu'il te reste des devoirs à faire, Rosabelle, dit-elle à sa sœur. Et toi aussi, Peter !

– J'en ai assez de faire des devoirs ! protesta Rosabelle. Mlle Soames m'a donné à étudier des sujets tous plus ennuyeux les uns que les autres. J'ai envie de jouer un peu.

– Moi aussi, renchérit Peter.

Dorina soupira.

– Vous savez bien que Mlle Soames ne peut vous donner que très peu d'heures de cours par semaine. Il faut que vous étudiiez par vous-mêmes.

Rosabelle fit la moue.

– Si tu veux mon avis, je pense que Mlle Soames est un très mauvais professeur.

– C'est le meilleur du village !

Rosabelle haussa les épaules.

– Évidemment, il n'y en a pas d'autre ! Et j'ai déjà appris tout ce qu'elle pouvait m'enseigner.

Dorina ne répondit pas. Car elle savait que sa sœur avait raison, hélas ! Rosabelle aurait eu besoin qu'une institutrice de meilleur niveau complète son éducation comme cela avait été le cas pour elle-même quelques années auparavant, quand leur père n'avait pas toutes ces difficultés financières.

Le pasteur était censé donner quelques cours à Peter afin que ce dernier ait un niveau suffisant pour entrer à Eton – si leurs moyens le leur permettaient un jour ! –, mais la plupart du temps, trop distrait, il oubliait... Prosper Stanfield s'intéressait bien davantage à ses cactus qu'à l'éducation de son fils !

Rosabelle picora les miettes de gâteau qui restaient sur son assiette.

– J'espère qu'il y aura quelque chose de bon ce soir. Parce que j'ai encore faim !

– Moi aussi ! s'écria Peter. Ce gâteau était vraiment minuscule.

Dorina s'efforça de sourire.

– Un peu de patience. L'heure du dîner n'est pas si éloignée...

En même temps, elle se demandait avec angoisse comment Nanny pourrait satisfaire l'insatiable appétit de ses cadets. Il n'y avait presque plus rien dans le garde-manger, à part quelques pommes de terre, auxquelles on pourrait ajouter un peu de salade en provenance du jardin... Comme dessert, Dorina savait qu'il y aurait un autre petit gâteau sans beaucoup d'œufs ni de beurre – le même que celui qui avait été servi aux enfants pour le thé.

« Cela ne peut plus continuer ainsi ! » se dit-elle avec désespoir.

Rosabelle, qui avait quitté le salon, revint en courant.

– Dorina ! Il y a un phaéton devant la porte ! C'est le comte qui vient nous rendre visite !

Elle se mit à danser de joie.

– Je savais bien qu'il viendrait ! Je le savais !

– Monte dans ta chambre faire tes devoirs, Rosabelle, ordonna Dorina d'un ton sec. Et ne dis pas à père que milord est ici. Il faut que je lui parle d'abord...

Rosabelle ouvrit de grands yeux.

– Pourquoi ? Que peux-tu bien avoir à lui dire ?

– Cela ne te regarde pas. Monte dans ta chambre !

– Mais je veux le voir ! Je veux faire sa connaissance !

Un coup de sonnette tinta… En l'absence de Nanny, Dorina fut obligée d'ouvrir elle-même.

Rosabelle ne s'était pas trompée : c'était bien le comte qui se tenait sur le seuil. Quand il ôta son chapeau et s'inclina avec aisance, Dorina ne put s'empêcher de le trouver très courtois… et aussi très séduisant. Elle était tellement en colère lorsqu'elle s'était rendue au château qu'elle n'avait pas eu le temps de remarquer tout cela.

– Bonjour, mademoiselle Stanfield. J'aimerais m'entretenir avec vous, si toutefois vous n'êtes pas trop occupée.

– Entrez, milord, dit la jeune fille avec froideur. Mais je vous préviens, j'ai très peu de temps.

Rosabelle, qui était restée au fond du hall, s'avança, un grand sourire aux lèvres.

– Je sais qui vous êtes ! Le nouveau comte… Je vous ai vu ce matin dans le parc. Vous montiez un magnifique cheval et…

– Rosabelle ! coupa Dorina d'un ton grondeur.

Elle se tourna vers le comte.

– Je suis désolée, milord. Il est exact que ma sœur et mon frère sont allés se promener dans le parc et les bois sans avoir votre autorisation… Votre cousin leur permettait d'y aller autrefois à leur guise et ils n'ont pas encore compris que les temps ont changé.

Rosabelle joignit les mains.

– Pouvons-nous y aller de nouveau, milord, s'il vous plaît ? C'est si ennuyeux de marcher sur la route…

– N'hésitez pas à vous promener dans le parc et les bois quand vous en aurez envie, et aussi souvent que vous le voudrez, dit le comte.

Rosabelle laissa échapper un cri de joie.

– Oh ! vous êtes si gentil ! Remarquez, j'espérais que vous me diriez cela. Mais Dorina prétendait que nous ne devions pas nous imposer...

– Pas du tout, assura le comte.

– Merci ! Oh, merci ! s'exclama Rosabelle.

Peter les rejoignit à ce moment-là en courant.

– Moi, j'aimerais aller aux écuries. Au temps de l'ancien comte, Hawkins me permettait de l'aider au pansage. Il disait que j'avais un don pour m'occuper des chevaux...

D'un air piteux, il ajouta :

– Mais Dorina ne veut plus que j'aille là-bas !

Le comte adressa un coup d'œil amusé à cette dernière.

– Votre sœur semble bien sévère, dites-moi...

– Non ! s'écrièrent Rosabelle et Peter d'une seule voix.

– Je vous donne toutes les autorisations que vous voulez... déclara le comte. Le parc, les écuries et les bois sont à votre disposition.

Peter bondit de joie.

– Merci ! Oh, merci !

Dorina croisa les bras.

– Maintenant, voulez-vous tous les deux monter dans vos chambres et faire vos devoirs, s'il vous plaît ?

– Quel ennui ! soupira Rosabelle. Faire des devoirs quand on a l'autorisation de se promener dans le parc du château !

Cette fois, le comte éclata franchement de rire.

– D'abord les devoirs, ensuite la promenade. Cela me semble raisonnable, non ?

– Je suppose, fit Rosabelle d'un air peu convaincu.

Et sans le moindre enthousiasme, elle suivit Peter qui, ravi à la perspective de pouvoir retourner aux écuries du château, montait l'escalier quatre à quatre.

Dorina fit entrer son visiteur au salon. Le soleil pénétrait à flots dans cette grande pièce qu'avait su décorer avec beaucoup de goût la mère de la jeune fille.

– Asseyez-vous, je vous en prie, fit-elle d'un ton glacial.

Apparemment, son hostilité n'avait pas cédé d'un pouce ! Pour le comte, une telle situation représentait une nouveauté. C'était bien la première fois, en effet, qu'une femme le recevait avec une telle froideur. De la froideur ? Plus : de l'animosité ! Une animosité que Dorina ne se donnait même pas la peine de cacher.

Pourtant, elle était bien jolie ! Lorsqu'elle était venue le trouver au château, elle portait une vilaine capeline qui cachait sa somptueuse chevelure blonde. Avec ses yeux gris pailletés d'or, son visage en forme de cœur et ses cheveux mousseux, elle était ravissante. Quant à cette robe en cotonnade très simple, elle avait été lavée tant de fois que ses couleurs s'étaient fanées et qu'elle avait rétréci... ce qui révélait ses formes parfaites.

– Avant que nous nous mettions à discuter sérieusenent, laissez-moi vous dire que votre frère est très sympathique et votre sœur charmante, dit Edward. Cette dernière – Rosabelle, je crois ? – est déjà très jolie, et je parie que dans quelques années elle fera des ravages !

Dorina pinça les lèvres en revoyant lady Maureen se jeter au cou du comte.

– J'espère qu'elle aura assez de bon sens pour ne pas se conduire comme une évaporée ! fit-elle à mi-voix, comme pour elle-même.

Plus fort, et d'un ton très ferme, elle poursuivit :

– Quoi qu'il en soit, milord, j'estime qu'en dépit de votre autorisation, il vaut mieux que mon frère et ma sœur se tiennent à l'écart du château.

– Pourquoi ?

– Pour des raisons que... que je préfère ne pas vous donner.

Edward n'attendit pas que la jeune fille l'y invite pour prendre place dans un fauteuil.

– Mademoiselle Stanfield, vous me jugez mal et je le comprends.

Dorina, qui était loin de s'attendre à cela, ouvrit de grands yeux tandis qu'il poursuivait :

– Sachez que j'ai déjà mené mon enquête. Et je ne peux que vous demander pardon pour avoir mis en doute la véracité de vos accusations.

De plus en plus stupéfaite, Dorina ne trouva rien à répondre. Elle s'attendait si peu à ce que le nouveau comte de Yardcombe vienne lui présenter des excuses !

– J'ai renvoyé séance tenante mon régisseur – le commandant Richardson – ainsi que le majordome et la gouvernante qu'il avait engagés. Ces tristes personnages ont déjà quitté le château.

– Tant mieux !

Edward esquissa un sourire en entendant ce cri du cœur.

– Maintenant, mademoiselle Stanfield, à vous de jouer !

– Co... comment cela ?

– Il faut que vous m'aidiez à remplacer ceux dont je viens de me débarrasser ! J'ai besoin d'urgence d'un majordome connaissant son métier et d'une gouvernante sérieuse ! Or je ne sais où m'adresser...

Dorina joignit les mains.

– C'est miraculeux ! Burrows, l'ancien majordome, serait fou de joie s'il pouvait reprendre sa place.

Après quelques secondes de réflexion, elle enchaîna :

– Mais je crains que vous n'ayez plus de mal à persuader Mme Meadows de revenir. Le commandant Richardson lui a donné son congé d'une manière si cavalière qu'elle en a été profondément blessée.

– Très bien. Je vais aller les trouver tous les deux.

– Je peux vous indiquer leurs adresses...

– Il serait plus simple que vous m'accompagniez afin de me présenter à ces personnes qui, en fait, connaissent le château mieux que moi-même.

La stupeur de Dorina ne connaissait plus de bornes. Cet homme qu'elle croyait arrogant faisait soudain preuve d'une telle humilité !

– Vous... vous souhaitez vraiment que...

– Mais oui ! Je pense que vous saurez adoucir les angles mieux que quiconque.

Il soupira.

– J'admets m'être trompé au sujet de Richardson. C'était un excellent soldat... mais un très mauvais régisseur. Voilà, j'ai reconnu mes fautes et je suis prêt à tout mettre en œuvre pour réparer. Alors me pardonnez-vous ? Si vous êtes un tant soit peu charitable, mademoiselle Stanfield, vous ne pouvez pas refuser !

Dorina détourna la tête en rougissant.

– Je... j'ai l'impression, milord, que vous vous moquez de moi.

– Pas du tout. Je suis tout simplement venu vous présenter mes excuses et vous demander de m'aider à réparer.

– Eh bien... je serai heureuse de vous rendre service dans la mesure de mes possibilités, milord.

Malgré tout, le comte avait l'impression qu'elle gardait encore une certaine méfiance à son égard.

« Non, je ne me trompe pas... Elle continue à me désapprouver ! Mais pourquoi ? Peut-être à cause de Maureen ? Il est vrai que celle-ci n'a aucune retenue, et comme on ne doit pas voir souvent à Little Sodbury de Londoniennes fardées et exubérantes... »

Edward se dit qu'il devait désormais faire preuve de la plus grande diplomatie s'il voulait regagner la confiance de la fille du pasteur et celle des villageois.

– Mon phaéton attend devant le presbytère, déclara-t-il. Si vous êtes prête, allons-y ! Avec un peu de chance, j'aurai avant ce soir un majordome et une gouvernante.

– Tout le monde à Little Sodbury vous saura gré de reprendre à votre service ceux qui ont été jetés à la porte comme des malpropres après de longues années de bons et loyaux services, milord. Leur renvoi a bouleversé tout le village et, de plus, Carter, le nouveau majordome, a engagé comme valets les pires voyous !

– Eh bien, il ne restera plus à Burrows qu'à les mettre dehors pour les remplacer par ceux de son choix.

Soudain, le comte éclata de rire.

– Qu'y a-t-il de si drôle ? demanda Dorina en fronçant les sourcils.

– J'ai du mal à comprendre pourquoi une jeune fille aussi jolie que vous s'intéresse à mes petits problèmes domestiques. Après tout, la façon dont les domestiques sont traités à Yardcombe n'est pas vraiment votre affaire.

– Vous ignorez donc que l'église et le presbytère font partie du domaine, milord ? Mon père dépend de vous, comme la plupart des villageois. Dans ces conditions, vous comprendrez que nous nous sentions concernés par tout ce qui se passe au château.

Pas une seconde le comte n'avait songé à cela. C'était donc à lui, par l'intermédiaire de son régisseur, que revenait le devoir de verser son traitement au pasteur de Little Sodbury ? Et si la fantaisie l'en prenait, il pouvait le renvoyer comme un vulgaire domestique !

– Je constate que vous avez beaucoup de choses à m'apprendre, mademoiselle Stanfield. Et je vous promets que je serai un élève très docile !

– Vous vous moquez encore de moi !

Sans relever l'interruption, il poursuivit :

– Mais une chose à la fois. Allons parlementer avec M. Burrows et Mme Meadows

Dorina se dirigea vers le hall.

– Laissez-moi le temps de monter mettre un chapeau, milord. J'en ai pour une seconde.

Le comte s'inclina avec toute la gravité voulue.

– Je vous attends, mademoiselle Stanfield.

Une fois seul, il se dit que la situation était assez cocasse... Lui, le comte de Yardcombe, le maître du domaine, se faisait traiter comme un petit garçon indocile par la fille du pasteur ! Une ravissante jeune fille, certes...

« Mais je parie qu'elle n'a jamais quitté son village et qu'elle ne sait rien du monde et de la vie ! »

Malgré tout, elle le condamnait. Il lui avait présenté des excuses, et elle continuait à le toiser avec méfiance pour ne pas dire avec animosité.

3

Dorina pensa que même le comte – tout insensible qu'il était à ses yeux – ne pouvait manquer de constater combien le cottage du vieux Burrows avait l'air misérable.

« Une vraie masure », pensa-t-elle.

Le toit avait été réparé à l'aide de tôles rouillées, les portes et les fenêtres auraient eu bien besoin d'être repeintes, et plusieurs vitres cassées avaient été remplacées par du carton.

Dès que la jeune fille frappa à la porte, l'ancien majordome vint ouvrir. Ses yeux s'éclairèrent lorsqu'il reconnut sa visiteuse.

– Oh, c'est vous, mademoiselle Dorina ! Entrez donc... Même si j'ai honte de vous recevoir dans un pareil trou à rat ! Figurez-vous que...

Il s'interrompit en s'apercevant que Dorina n'était pas seule. Le comte tendit la main à l'ancien majordome.

– Bonjour, Burrows. J'ai demandé à Mlle Stanfield de me conduire chez vous. Je tiens à vous présenter mes excuses pour la manière honteuse dont vous avez été traité par mon régisseur. Je peux vous assurer que jamais de ma vie je n'avais ordonné votre renvoi !

Le comte secoua la tête d'un air navré en regardant autour de lui.

– Surtout pour vous obliger à vivre dans de telles conditions !

Le vieux Burrows s'attendait si peu à un tel discours qu'il en demeura bouche bée. Il lui fallut plusieurs instants avant de retrouver sa voix.

– En... entrez donc, milord !

Il s'effaça.

– Et que milord fasse attention où il met les pieds ! Les carreaux sont pour la plupart descellés, ce qui est très dangereux.

Une table basse, une vieille commode vermoulue, une armoire en bois blanc et quelques chaises bancales constituaient l'ameublement de la pièce principale. Pour un homme comme Burrows, qui avait régné sur toute une armée de valets et avait dû faire face à de nombreuses responsabilités, une telle déchéance devait représenter une humiliation terrible.

Malgré elle, Dorina ne put s'empêcher d'admirer la simplicité avec laquelle le comte s'adressait au vieux majordome.

– Je suis venu vous demander, Burrows, de venir reprendre sans délai vos fonctions au château.

Le vieil homme écarquilla les yeux.

– Milord veut que... que...

– Que vous redeveniez le majordome de Yardcombe. Mais je vous préviens, vous aurez du travail pour tout remettre en ordre !

Le comte pinça les lèvres avant d'ajouter :

– Je crains en effet que pendant votre absence certaines initiatives malheureuses n'aient été prises. Par exemple, Mlle Stanfield m'a dit que de nouveaux valets peu recommandables avaient été engagés. Je compte sur vous pour que les choses redeviennent exactement comme elles étaient du temps de mon cousin.

Soudain pénétré de son importance, Burrows bomba le torse.

– Je ferai de mon mieux, milord.

– Merci, Burrows. Mlle Stanfield et moi devons maintenant aller trouver Mme Meadows. J'espère qu'elle aussi consentira à reprendre sa place. Dès mon retour au château, je ferai envoyer une voiture pour vous ramener tous les deux à un endroit que vous n'auriez jamais dû quitter.

Dorina eut l'impression que Burrows avait brusquement rajeuni de dix ans. Il se tenait plus droit, il semblait soudain avoir grandi... Comme par un coup de baguette magique, il était redevenu l'imposant majordome d'antan.

Dorina et le comte se rendirent ensuite chez Mme Meadows. Pendant le bref trajet qui séparait les deux cottages, le comte demanda en souriant :

– Pourquoi ne dites-vous rien ? Aurais-je de nouveau fait quelque chose de travers ?

– Oh ! vous vous gaussez encore, milord ! Si je ne disais rien, c'était tout simplement parce que je réfléchissais...

– Peut-on savoir à quoi, mademoiselle ? lança-t-il d'un ton badin. Ou bien est-ce indiscret ?

– Je pensais que vous aviez rendu un homme heureux, répondit-elle avec simplicité. Lorsque nous l'avons quitté, Burrows rayonnait. Je ne peux que vous en être très reconnaissante.

Le comte nota qu'elle demeurait cependant sur ses gardes.

« Elle continue à se méfier de moi », songea-t-il, partagé entre l'amusement et l'agacement.

Ils ne tardèrent pas à arriver devant un cottage en tout aussi mauvais état que celui de Burrows. D'ailleurs la plupart des maisons du village avaient besoin d'être réparées et repeintes. Lorsque le comte en fit la remarque, Dorina déclara comme s'il s'agissait d'une évidence :

– Après la mort de ses fils, votre cousin a cessé de s'intéresser au domaine. Puis, lorsque le régisseur est tombé malade, tout est allé de mal en pis.

Le comte ne répondit pas. Après avoir arrêté les chevaux, il sauta à terre et tendit les rênes au valet juché à l'arrière du phaéton. Puis il aida la jeune fille à descendre.

Mme Meadows accueillit Dorina avec chaleur. Mais son visage se ferma quand elle vit *qui* l'accompagnait. Ignorant la main que lui tendait le comte, elle lui adressa une révérence très raide.

– Je suis venu vous présenter des excuses pour la manière inqualifiable dont vous avez été traitée, madame Meadows, déclara Edward.

– Hum ! grommela la gouvernante d'un air peu amène.

– Pendant votre absence, beaucoup de choses se sont dégradées.

– Hum !

– Aussi je vous demande instamment de bien vouloir revenir au château pour que tout redevienne comme avant.

Si Burrows, sans se faire prier, avait accepté immédiatement la proposition du comte, il n'en fut pas de même pour Mme Meadows.

– Je remercie milord de s'être déplacé, déclara-t-elle d'un ton aigre. Mais après avoir été insultée par votre régisseur, après avoir été jetée sans le moindre égard hors d'une maison que je considérais comme la mienne depuis trente ans, sachez, milord, que je n'ai aucune intention d'y remettre les pieds.

Le comte adressa un coup d'œil consterné à Dorina. Cette dernière avança d'un pas et posa la main sur le bras de Mme Meadows.

– Je suppose que vous êtes déjà au courant des événements choquants qui se sont passés à Yardcombe ? Le défunt comte aurait été horrifié... et ma pauvre maman désolée. Je vous en prie, madame Meadows, acceptez de reprendre votre poste. Personne n'est capable de vous remplacer, vous le savez bien.

Voyant que la gouvernante demeurait silencieuse, le comte pensa qu'elle allait de nouveau refuser.

– Mme Meadows... commença-t-il.

Elle lui tourna délibérément le dos.

– Mademoiselle Dorina, quand on est venu me raconter ce qui était arrivé à la petite Mary Bell, je n'en ai pas cru mes oreilles ! Votre mère – Dieu ait son âme –, a dû se retourner dans sa tombe.

– Il ne faut pas que de pareils incidents se reproduisent, déclara Dorina avec fermeté.

– Vous appelez cela un incident ? s'écria le comte. Moi, je dirais qu'il s'agit d'un véritable drame. Mme Meadows, Yardcombe a besoin de vous !

La gouvernante s'adoucit enfin.

– Eh bien, milord, j'accepte de revenir, mais à une condition !

– Je vous écoute.

– Si une histoire pareille devait se reproduire, j'en informerais immédiatement milord... dont j'espère obtenir le soutien total.

– Vous pouvez compter sur moi, madame Meadows. De toute manière, ce lamentable épisode ne risque pas de se répéter car son responsable sera désormais *persona non grata* à Yardcombe.

Il soupira en hochant la tête d'un air pénétré.

– Mais les temps changent, hélas ! Je crains fort que les jeunes d'aujourd'hui n'aient pas le même sens des valeurs que leurs aînés.

Comme c'était exactement l'opinion de Mme Meadows... Dorina comprit que le comte avait gagné la bataille. La gouvernante eut cependant le dernier mot :

– J'espère, milord, que la famille Yardcombe continuera à donner l'exemple à tout le village comme à toute la région.

Elle se tourna vers Dorina.

– Vous aussi, mademoiselle Dorina, n'oubliez pas que vous êtes une Yardcombe par votre mère. Ah, quelle sainte femme ! On n'était pas digne de baiser la trace de ses pas...

Le comte attendit de se retrouver avec Dorina dans le phaéton pour lui demander :

– Si j'ai bien compris, votre mère était aussi une Yardcombe ?

– D'une autre branche de la famille.

– Mais c'était une cousine quand même.

– Oh ! une cousine très éloignée.

– Quoi qu'il en soit, le même sang court dans nos veines. Raison de plus pour que vous m'aidiez ! Que suggérez-vous maintenant ?

Plaisantait-il ou parlait-il sérieusement ? L'esprit de Dorina se mit à travailler à toute allure.

« S'il est sérieux, c'est le moment de lui faire remarquer que le traitement de mon père n'a pas été augmenté depuis de longues années ! Mais jamais je n'oserai lui parler de cela... »

– Alors ? insista Edward. Que me suggérez-vous ?

– Il y a tant, tant de choses à faire que je ne sais par où commencer, répondit Dorina sans s'avancer davantage.

Comme ils arrivaient devant le presbytère, le comte ne lui posa pas d'autres questions.

– Je pense que je devrais faire la connaissance de votre père, déclara-t-il. Si tout au moins il est chez lui...

– Je suppose qu'il doit s'occuper de sa collection de cactus au jardin. Mais comme vous devez retourner au château pour demander qu'on envoie une voiture chercher Mme Meadows et Burrows, peut-être vaut-il mieux remettre cette visite à un autre jour ?

– Non, non. Je ne veux pas retarder plus longtemps l'instant de présenter mes respects au pasteur de Little Sodbury.

Dorina comprit qu'il ne servirait à rien de discuter.

– Dans ce cas, entrez, je vous prie, dit-elle sans beaucoup d'enthousiasme.

Elle emmena Edward au salon.

– Si vous voulez bien attendre ici... Je vais chercher mon père.

– Je vous accompagnerais volontiers au jardin...

Le comte esquissa un sourire avant d'ajouter :

– Mais je n'ai pas l'impression que ma compagnie vous agrée.

Gênée d'être percée à jour, Dorina devint écarlate et s'empressa de quitter la pièce en marmonnant :

– Je reviens tout de suite.

Resté seul, le comte résista à l'envie d'éclater de rire.

« Elle est vraiment amusante ! C'est pour moi une toute nouvelle expérience de me trouver confronté à l'hostilité d'une jeune et jolie femme ! »

Il avait l'intuition que si elle s'était écoutée, Dorina l'aurait rembarré sans égards.

« Elle est choquée par tout ce qui s'est passé au château. Et qui pourrait l'en blâmer ? En même temps, c'est bien la seule personne capable de m'aider... Mais cela commence à m'agacer de devoir sans cesse lutter contre cette espèce de force d'inertie qu'elle m'oppose. »

La porte s'ouvrit à ce moment-là. Non sur le pasteur et sa fille comme s'y attendait le comte, mais sur Rosabelle. L'adolescente s'avança vers lui d'un air grave.

– J'étais à la fenêtre de ma chambre quand j'ai vu votre voiture arriver. Je suis venue vous parler...

– C'est très aimable de votre part. Votre sœur m'a laissé tout seul ici : elle est allée chercher votre père au jardin mais n'a pas voulu que je la suive.

– C'est parce qu'elle veut qu'il se change et qu'il se lave les mains avant de vous rencontrer. Je suis descendue vous remercier de nous avoir donné, à Peter et à moi, la permission de nous promener à notre guise dans le parc et dans les bois.

– Vous m'avez déjà remercié. J'espère aussi que vous me rendrez visite au château. Je parie que vous devez le connaître mieux que moi !

– Probablement, répondit Rosabelle avec candeur. Votre cousin nous invitait souvent à Yardcombe pour déjeuner ou pour prendre le thé. Je ne me suis jamais autant régalée que là-bas !

Elle prit une mine gourmande.

– Oh, si vous saviez ! Tous ces délicieux gâteaux qui accompagnaient le thé ! Et ces petits plats que Burrows nous servait à l'heure du déjeuner ! C'est bien loin, tout cela ! Maintenant, nous n'avons plus droit qu'à du lapin !

– Du lapin ?

– Oui, jour après jour ! s'exclama-t-elle avec rancœur. D'abord civet de lapin, puis restes de lapin dans une tourte, et enfin lapin froid... C'est toujours la même chose et, si cela continue, je deviendrai moi-même un lapin ! D'ailleurs, j'ai l'impression que mes oreilles poussent déjà...

– C'est bien triste ! s'exclama le comte dans un éclat de rire.

– Oh, oui ! Depuis la mort de maman, nous ne mangeons plus jamais à notre faim.

Edward la regarda avec stupeur.

– J'ai peine à vous croire.

– Demandez à Nanny. Elle vous dira que c'est une honte que nous soyons obligés de vivre avec si peu. Savez-vous que le boucher refuse de nous servir parce que nous ne pouvons pas payer sa note ? Et pourtant, nous ne prenons pas grand-chose chez lui ! De temps en temps un horrible petit morceau de viande plein de gras, d'os et de nerfs – ce qu'il y a de moins cher, évidemment !

Cette fois, le comte demeura silencieux. Dorina lui avait fait comprendre que tout le village dépendait de lui. Le pasteur comme les autres... Or, si Rosabelle disait la vérité – et il n'y avait aucune raison pour qu'il mette sa parole en doute –, il semblait que le traitement de son père ne soit pas suffisant...

« Dorina ne manquera pas de me faire des reproches à ce sujet aussi ! se dit-il. À moins que la discrétion ne l'empêche de plaider pour elle et les siens ? »

La jeune fille entra sur ces entrefaites au salon, suivie par son père. Elle regarda sa cadette en fronçant les sourcils.

– Que fais-tu ici, toi ? Je croyais que tu devais finir tes devoirs !

Rosabelle se fit toute petite avant de disparaître sans demander son reste. Et, une nouvelle fois, Edward eut envie de rire.

En serrant la main du pasteur, il remarqua combien celui-ci était pâle et maigre. Rosabelle n'avait donc pas exagéré en disant qu'elle et les siens ne mangeaient pas à leur faim ! Il était en train de se demander s'il devait tout de suite parler à Prosper

Stanfield de son traitement quand ce dernier déclara :

– Je crains de ne pouvoir vous offrir de rafraîchissements sophistiqués, milord... Mais que diriez-vous d'une tasse de thé ?

– Je l'accepterais avec plaisir. Cela m'a donné soif d'essayer de convaincre Mme Meadows et Burrows de revenir au château.

– Vous avez réussi à les décider tous les deux ?

– Burrows a accepté immédiatement. En revanche, j'ai eu plus de mal à faire fléchir Mme Meadows. Heureusement, votre fille était là, elle a su trouver les arguments qu'il fallait.

Le pasteur hocha la tête.

– Je suis bien heureux que tout se soit arrangé. Quelle erreur d'avoir renvoyé ces braves gens ! Ils représentaient les piliers de toute la domesticité de Yardcombe.

Dorina se rendit à la cuisine pour préparer le thé en l'absence de Nanny. Resté seul avec le pasteur, le comte s'adossa à son fauteuil.

– J'ai bien des soucis, mon père ! J'ai tardé à venir m'installer à Yardcombe et je me rends compte que tout est allé à vau-l'eau pendant ce temps. L'homme que j'avais nommé régisseur – un bon soldat mais un piètre administrateur –, n'a fait que des bêtises.

– Richardson ? Je suis entièrement de votre avis ! Quel piètre administrateur, en effet ! De plus, il a un penchant certain pour la bouteille... En moins de temps qu'il n'en faut pour le dire, il a réussi à se mettre tout le village à dos !

– Je l'ai renvoyé aujourd'hui même.

– Quelle bonne nouvelle ! Si Burrows et Mme Meadows reprennent leur place au château, tout devrait s'arranger vite de ce côté. En revanche, il reste beaucoup à faire pour les fermiers...

– C'est-à-dire ?

– Richardson a augmenté leurs fermages d'une manière telle que maintenant ils n'arrivent plus à joindre les deux bouts. Et une famille de métayers qui vivait sur le domaine depuis au moins trois générations a été priée de déguerpir à la fin du mois !

– Comment s'appellent-ils ?

– Les Matthews. Ce sont des gens très sérieux qui ne méritent pas d'être traités de la sorte.

– Les Matthews... répéta le comte en hochant la tête. Très bien ! Dès ce soir, j'enverrai quelqu'un leur dire de ne pas s'inquiéter.

– Ils vont pouvoir rester ? s'exclama le pasteur avec soulagement. Merci, milord. Vous venez de faire une bonne action.

– Pas du tout, je me suis contenté de réparer l'une des nombreuses erreurs commises par mon régisseur. S'il y en a d'autres, n'hésitez pas à me mettre au courant. Vous êtes le seul, ainsi que votre fille, à pouvoir m'aider à redresser la barre.

– Dorina et moi sommes prêts à faire tout notre possible pour vous rendre service, milord.

– J'ai appris que Mme Stanfield était une Yardcombe ?

– En effet. Ses parents ne voulaient pas qu'elle épouse un simple pasteur... mais nous nous aimions.

Le regard du pasteur s'évada.

– Comme nous avons été heureux, tous les deux ! Et comme je la regrette...

Le comte se sentit très ému devant ce chagrin à la fois si simple et si vrai.

– Je vous comprends, murmura-t-il.

Après une longue pause, il jugea le moment venu d'aborder le sujet dont Rosabelle lui avait touché un mot un peu auparavant.

– À cause de la guerre, la vie est devenue bien plus chère à Little Sodbury – comme partout ailleurs.

– C'est exact.

– J'imagine que votre traitement n'a pas été augmenté en conséquence ?

Le pasteur hésita, visiblement gêné. Avec beaucoup de diplomatie, le comte lui posa alors d'autres questions... et il ne tarda pas à comprendre que ce que recevait chaque mois M. Stanfield lui permettait tout juste de ne pas mourir de faim avec les siens.

Mis en confiance, le pasteur lui expliqua que, sa vie durant, sa femme avait touché une rente relativement importante.

– Cela nous aidait beaucoup. Mais depuis sa mort, les notaires ont cessé de nous la verser. D'après les termes du testament de son père, le capital devra être partagé entre nos trois enfants lorsqu'ils atteindront respectivement l'âge de vingt et un ans. Or Dorina en a tout juste dix-huit, Rosabelle quatorze et Peter onze !

– Vos deux filles sont très belles.

Le visage du pasteur s'éclaira.

– C'est vrai. Toutes deux ressemblent à leur mère...

Il n'eut pas le temps d'en dire plus car Rosabelle vint les prévenir que le thé était servi dans la salle à manger.

Peter dévala l'escalier en courant : il avait hâte de parler chevaux avec le comte.

Le thé était servi sur une nappe brodée fraîchement repassée. Mais en voyant combien il y avait peu à manger, Edward comprit que Rosabelle n'avait pas exagéré...

Sur un plat en porcelaine ancienne, Dorina avait disposé de fines tranches de pain grillées. On pouvait les tartiner soit de beurre – mais le morceau était si petit que personne n'osait y toucher –, soit de confiture de prunes.

Rosabelle fit la grimace lorsque son frère lui passa la confiture.

« Je la comprends ! se dit le comte. Les pruniers sont si nombreux à Little Sodbury que les villageois doivent en avoir plus qu'assez de consommer des prunes accommodées de toutes les façons possibles... »

Le pasteur ne semblait rien remarquer. D'un air absent, il grignota une tranche de pain sec, tout en parlant au comte à bâtons rompus. Il passait de l'état lamentable des cottages aux difficultés qu'avaient les fermiers à payer leur loyer, avant de se lamenter sur le nombre sans cesse croissant de jeunes sans travail...

– Si vous me permettez une suggestion, milord, il y aurait de quoi occuper pendant un certain temps ces garçons qui traînent aux alentours du *Dragon Vert* en espérant que l'étranger qui viendra s'y rafraîchir leur confiera son cheval à garder en échange de quelques pièces...

– Et vous avez une idée pour les occuper autrement ?

– Plusieurs ! Tout d'abord la plupart des allées de la forêt ont été peu à peu envahies par la végétation.

– Il faudrait les nettoyer !

– Exactement, milord ! Et j'ai pensé aussi que si vous pouviez rouvrir l'une des sablières qui ont été fermées voici de longues années, cela donnerait du travail à beaucoup de monde. On a toujours besoin de sable dans la construction, et celui de Little Sodbury était réputé.

– Je vous remercie vivement de vos conseils. Dès demain, j'étudierai tout cela. Qu'en dites-vous, mademoiselle Stanfield ?

La jeune fille, qui n'avait pas ouvert la bouche depuis qu'ils s'étaient tous réunis autour de la table, se trouva bien obligée de répondre.

– Je pense que c'est une excellente suggestion, milord... à condition toutefois que vous souhaitiez faire quelque chose pour la région. Il vaut mieux ne pas donner trop d'espoir aux gens si votre intention est de repartir pour Londres dans quelques jours. Les villageois seraient trop déçus !

Edward fronça les sourcils.

« Elle est vraiment impitoyable ! Après m'avoir jugé une fois pour toutes – et bien mal ! –, elle n'acceptera donc jamais de revenir sur son opinion ? »

Tout haut, il déclara :

– Je comprends votre attitude, mademoiselle Stanfield. J'aimerais que votre père me montre sur une carte où se trouvent les allées envahies par la végétation, ainsi que l'emplacement des anciennes sablières.

– Volontiers ! s'exclama le pasteur.

– D'autre part, reprit le comte, il faudrait que j'engage dans les plus brefs délais un régisseur sérieux pour remplacer le commandant Richardson.

– Quel dommage que je ne sois pas assez grand ! s'écria Peter. J'aimerais bien être votre régisseur, milord. Cela me permettrait de monter vos chevaux.

Le comte se mit à rire.

– Je crains que vous ne soyez obligé d'attendre quelques années avant de songer à diriger un domaine de cette importance !

– Je sais... murmura l'enfant d'un air piteux.

– En revanche, vous pourriez venir demain au château pour me faire visiter sérieusement les écuries. Je n'ai eu le temps que d'y jeter un rapide coup d'œil.

Les yeux de Peter se mirent à étinceler.

– Moi, je les connais comme ma poche ! C'est l'endroit que je préfère à Yardcombe.

– Et vous pourriez choisir les chevaux que vous aimeriez monter quand vous n'avez pas de devoirs à terminer !

Peter bondit de joie. Un peu embarrassé par l'enthousiasme de son fils, le pasteur murmura :

– Vous êtes trop aimable, milord... Mais je ne veux pas que mes enfants vous importunent.

– Pas du tout ! assura le comte.

– Si Peter va au château demain, pourrais-je l'y accompagner ? demanda Rosabelle.

– J'espère que ce sera possible, répondit Edward. Mais il faudra que vous demandiez auparavant son autorisation à votre sœur.

Rosabelle se tourna vers Dorina d'un air suppliant. Vaincue, la jeune fille se trouva obligée de déclarer :

– Je ne peux pas vous empêcher d'aller à Yardcombe ni l'un ni l'autre... mais il faudra que vos devoirs soient terminés.

Il n'en fallut pas plus pour que les deux enfants quittent immédiatement la salle à manger et se précipitent dans leurs chambres respectives.

– Je vais chercher une carte dans mon bureau pour vous montrer l'emplacement des anciennes sablières, milord, déclara le pasteur.

Restée seule avec le comte, Dorina se leva.

– J'ai à vous parler, milord.

Il se mit debout à son tour.

– Je vous écoute, mademoiselle Stanfield.

– Je me rends compte que vous voulez seulement faire plaisir aux enfants. Mais je vous en prie, n'encouragez pas Rosabelle à aller au château !

Elle se détourna et une faible rougeur colora ses joues. Après un moment de silence, Edward déclara :

– Je devine pourquoi vous avez peur, mademoiselle Stanfield.... Étant donné que nous sommes cousins, je devrais être autorisé à dire « Dorina » ?

Sans attendre sa réponse, il enchaîna :

– Je peux vous assurer que votre sœur ne risque pas de rencontrer l'individu auquel vous pensez. Jamais cet homme ne remettra les pieds à Yardcombe, vous en avez ma parole.

– Lui ne reviendra peut-être pas. Cependant vous inviterez... d'autres messieurs.

– Naturellement. Mais ceux-ci seront mes amis et Rosabelle n'aura absolument rien à craindre, vous en avez ma parole.

Malgré la sincérité et la simplicité avec lesquelles le comte avait parlé, Dorina semblait toujours inquiète.

– Je suis désolée de vous ennuyer avec cela, reprit-elle. Voyez-vous, j'ai le sentiment qu'il serait très fâcheux que Rosabelle se trouve mêlée à... vos amis.

« Est-ce à lady Maureen qu'elle pense ? se demanda Edward. Craint-elle que cette dernière ne donne le mauvais exemple à sa jeune sœur ? »

Son intuition lui disait cependant que les réticences de Dorina cachaient autre chose.

– Expliquez-vous mieux ! dit-il. Où voulez-vous exactement en venir ? Qui craignez-vous de voir votre soeur rencontrer ? À moins que cela ne soit à cause de moi que vous voulez interdire Yardcombe à Rosabelle ?

– À... à cause de vous ?

– Oui, parce que vous me détestez. Je m'en rends compte, vous savez !

Dorina baissa la tête. Soudain, elle semblait au bord des larmes.

– Dites-moi ! insista Edward.

Avec effort, comme si chaque mot lui coûtait, la jeune fille déclara enfin :

– Je ne voudrais pas que... que Rosabelle ait l'occasion de... de rencontrer votre... votre cousin Jarvis.

Le comte s'attendait à tout, sauf à cela !

– Jarvis ? Et pourquoi ? Vous devez avoir une bonne raison pour me parler ainsi !

– Oui, mais permettez-moi de ne pas en dire davantage, milord.

– Écoutez, Dorina...

– Mon père et moi sommes prêts à vous aider dans la mesure de nos possibilités pour le moment. Mais une fois que vous n'aurez plus besoin de nous, nous pourrons réduire nos relations au minimum.

Sidéré, le comte secoua la tête.

– Que vous m'êtes hostile ! fit-il enfin à mi-voix, comme pour lui-même. Et pourquoi diable en voulez-vous à ce pauvre Jarvis ? C'est votre cousin, tout comme le mien !

– Tout ce que je vous demande, milord, c'est de vous arranger pour que Rosabelle ne le rencontre pas.

– Et si je refusais ?

Dorina prit une profonde inspiration avant de fixer le comte bien en face.

Voyant les grands yeux gris piquetés d'or de la jeune fille étinceler de colère, Edward leva la main dans un geste d'apaisement.

– Pourquoi vous dressez-vous toujours contre moi ? J'ai reconnu avoir commis une erreur en choisissant Richardson comme régisseur. Qui ne commet jamais de fautes ? En tout cas, j'essaie de réparer...

– Et que pensez-vous de la manière dont l'un de vos hôtes a traité Mary ?

– Elle est absolument inqualifiable. Tout ce que je peux dire à ma décharge, c'est que cet homme ne fait pas partie de mes amis.

– Mais de ceux de Jarvis ?

– En effet. D'ailleurs, je ne connaissais même pas ce dernier avant mon retour à Londres. Il s'est présenté comme étant l'un des membres de la famille Yardcombe et a offert de m'aider, ce que j'ai accepté très volontiers.

– Sans la moindre méfiance ?

– Quelle idée ! Jarvis est un homme du monde très bien élevé. De plus, c'est un Yardcombe !

– Il n'est pas le seul. De nombreux membres de la famille auraient été ravis de vous offrir l'hospitalité à votre retour en Angleterre. Mais bien évidemment, Jarvis voulait vous avoir pour lui seul !

Edward regarda la jeune fille avec étonnement.

– Vous êtes très montée contre lui ! Pourquoi ? Vous aurait-il fait des avances ?

– Certainement pas ! Je ne sais d'ailleurs même pas s'il se souvient de mon existence.

D'une voix moins assurée, Dorina déclara :

– Quoi qu'il en soit, j'estime que... qu'étant donné la position où vous vous trouvez maintenant, milord, vous seriez bien avisé de... de choisir soigneusement vos amis.

D'un pas vif, elle se dirigea vers la porte.

– C'est tout ce que j'avais à dire. Je regrette de ne pas pouvoir me montrer plus précise...

Elle allait sortir mais le comte l'en empêcha.

– Si vous pensez que je vais me satisfaire de vagues mises en garde ! Tâchez d'être un peu raisonnable, Dorina ! Vous voyez bien que je me trouve dans une situation compliquée. Et voilà qu'au lieu de me seconder, vous me rendez les choses encore plus difficiles !

– Je ne demande qu'à vous aider dans la mesure de mes possibilités.

– Expliquez-moi la raison de vos réticences.

– Je ne peux pas.

Edward eut un mouvement agacé.

– Tout cela ne tient pas debout ! Premièrement vous ne voulez pas que Rosabelle aille à Yardcombe, deuxièmement vous semblez ne pas porter Jarvis dans votre cœur, troisièmement vous multipliez les avertissements voilés, etc., etc. ! Et quand je vous demande des éclaircissements – ce qui me semble naturel –, vous éludez mes questions ! Dans ces conditions, comment voulez-vous que je vous prenne au sérieux ? Que cela vous plaise ou non, Rosabelle et Peter seront chez eux au château.

Dorina se tordit les mains.

– Vous ne comprenez pas...

Elle cherchait désespérément à lui donner une explication plausible.

– La manière dont vous vivez est très différente de la nôtre, déclara-t-elle enfin. Ce serait une grave erreur de laisser des enfants prendre des goûts de luxe qu'ils seront dans l'impossibilité de satisfaire par la suite.

– Qu'en savez-vous ?

– Nous menons une existence d'une extrême simplicité...

– Faute d'argent. Mais cela va changer : votre père n'aura plus jamais de difficultés financières.

Dorina ouvrit de grands yeux.

– Vous voulez dire que... que son traitement va être augmenté ?

– Dès demain. Ce qu'il recevait mensuellement était peut-être suffisant il y a vingt ans. Aujourd'hui cela représente à peine une aumône !

Sidérée, Dorina demeura silencieuse pendant quelques instants.

– Mi... milord... balbutia-t-elle enfin. Si... si vous avez vraiment l'intention d'aider mon père financièrement, je peux seulement vous dire merci ! Merci du fond du cœur !

Et elle se détourna pour que le comte ne voie pas les larmes briller dans ses yeux.

L'arrivée du pasteur créa une diversion.

– J'ai trouvé une vieille carte où l'on distingue très bien les anciennes sablières. Voyez ici, par exemple...

Le comte reprit la route du château environ un quart d'heure plus tard.

Harry, qui était en train de lire dans la bibliothèque, se leva à son entrée.

– Vous avez été absent tout l'après-midi ! lança-t-il d'un ton accusateur. Et pourtant vous aviez promis de me tenir compagnie !

– Excusez-moi, Harry, mais je me suis trouvé confronté à toute une cascade de problèmes...

Harry éclata de rire.

– À quoi vous attendiez-vous ? Ce n'est pas si simple de mener un domaine comme celui-ci ! Mais ne me dites pas que vos difficultés sont insurmontables...

– Qui sait ? murmura le comte.

Il s'installa dans un confortable fauteuil.

– J'ai quelques questions à vous poser. Tout d'abord, que savez-vous de Jarvis Yardcombe ?

Harry s'en tira d'une pirouette.

– C'est votre cousin !

Le comte eut un geste impatient.

– Soyez sérieux, je vous en prie ! Dites-moi *tout* ce que vous savez à son sujet !

Harry hésita.

– Étant donné que j'ai passé de longues années à l'étranger, ce que j'ai appris l'a seulement été par ouï-dire. Le genre de ragots que l'on peut entendre au *White's Club*...

– Que vous a-t-on raconté ?

Harry paraissait de plus en plus gêné.

– Je ne veux pas faire d'histoires...

– J'ai besoin de savoir, Harry ! insista le comte.

– Eh bien, votre cousin n'a pas très bonne presse... C'est un poseur, grand amateur de vins fins, de chevaux, de femmes.

– Peut-on l'en blâmer ?

– Il y a des limites ! De plus, c'est un joueur invétéré qui passe ses nuits devant les tapis verts. Il paraît qu'il a des dettes partout. Mais je le répète, Edward ! Ce sont des commérages, il faut en prendre et en laisser.

– Il n'y a jamais de fumée sans feu. Et encore ?

– Lorsqu'il a appris que vous aviez hérité du titre, du domaine et de la fortune de George Yardcombe, il a clamé partout qu'il était de son devoir d'aider son cher cousin. Il a attendu votre arrivée à Londres avec impatience... C'était tout juste s'il ne campait pas devant la porte de votre hôtel particulier !

Le comte éclata de rire.

– Il m'a paru sincère...

– Naturellement ! s'exclama Harry avec un rire sardonique.

– Pourquoi riez-vous ?

– Parce que son manège est plus qu'évident ! Vous êtes désormais à la tête de la famille Yardcombe. Et vous êtes riche ! Quelle aubaine pour un homme qui est tout le temps en train d'essayer de soutirer quelques livres sterling à l'un ou à l'autre ! Donc, il était très content et se frottait les mains. Il devait penser qu'après la mort du vieux comte, après la mort de William et de Charles, vous alliez peut-être recevoir vous aussi un boulet en faisant la guerre... Mais quand il a appris que vous reveniez sain et sauf des champs de bataille, son sourire a tourné au jaune.

Le comte fronça les sourcils.

– Que me racontez-vous là ? En quelle manière Jarvis pourrait-il profiter de ma mort ?

– Ou bien vous êtes devenu obtus, ou bien vous n'avez pas pris la peine de vous renseigner... Allez donc jeter un coup d'œil à votre arbre généalogique et pour vous, tout deviendra clair comme de l'eau de roche. Apprenez en effet, mon cher Edward, que Jarvis Yardcombe n'est autre que votre héritier présomptif.

Le comte sursauta.

– Ce n'est pas possible !

– Mais si. À moins que vous n'ayez très vite des enfants – et je vous conseille de vous marier dans les plus brefs délais –, Jarvis deviendra le huitième comte de Yardcombe le jour de votre décès. Ce qu'il espère bien... La preuve, il a déjà commencé à emprunter de l'argent en tablant là-dessus.

– En... en tablant sur... sur ma disparition ?

– Si vous croyez qu'un détail de ce genre le gêne ! À peine a-t-il appris que votre cousin Charles était mort sur le champ d'honneur qu'il a réussi à se faire prêter une somme importante par un usurier.

– Pourquoi ne m'avez-vous pas raconté tout cela plus tôt, Harry ?

– Parce que je n'aime pas répéter les commérages.

– Vous auriez quand même dû me prévenir.

– Votre cousin n'est pas un homme très recommandable, il suffit de le voir pour s'en rendre compte ! Auriez-vous donc perdu votre faculté de jugement ?

– Non, mais j'avoue qu'avec tous ces bouleversements dans mon existence, je ne suis plus tout à fait moi-même en ce moment.

– Vous pouvez parier que votre cousin a déjà dû emprunter de l'argent en assurant que vous rembourseriez.

– Je n'ai aucune intention de payer les dettes de Jarvis Yardcombe !

– C'est votre devoir d'aider les membres de votre famille.

– Pas les joueurs ni les paresseux !

– Méfiez-vous ! Jarvis est comme une pieuvre... Vous êtes riche, par conséquent vous l'intéressez. Une fois qu'il aura réussi à vous enserrer dans ses tentacules, vous ne pourrez plus vous en défaire.

4

Après le départ du comte, Dorina se rendit dans le petit salon pour contempler le portrait de sa mère qui était suspendu au-dessus de la cheminée.

Ce tableau était l'œuvre d'un artiste de la région, un peintre peu connu mais très doué. Il avait su rendre à merveille le sourire de Mme Stanfield, l'espèce de rayonnement qui irradiait d'elle, le pétillement à la fois ironique et chaleureux de son regard...

Dorina venait souvent se recueillir devant ce portrait, et elle avait alors l'impression que sa mère était encore vivante et lui parlait d'esprit à esprit, de cœur à cœur

– Aurais-je dû le lui dire, maman ? demanda la jeune fille à mi-voix.

Elle crut entendre sa mère lui répondre :

– Non. Tu sais bien qu'il ne t'aurait pas crue.

Comment, en effet, un homme sensé pouvait-il ajouter foi à une histoire aussi invraisemblable ?

La plupart des membres de la famille Yardcombe étaient venus assister aux obsèques du comte. Un grand déjeuner avait été prévu à leur intention et, en sortant de l'église, ils se rendirent tous au château pour se restaurer avant de reprendre la route.

En tant que seuls représentants des Yardcombe vivant à Little Sodbury, Dorina et son père s'étaient sentis le devoir de les accueillir car ils savaient que si Mme Standfield avait été encore en vie, elle n'aurait pas failli à cette tâche.

Dorina n'ignorait pas que le vieux comte attendait sa dernière heure comme une délivrance. Depuis que ses fils étaient morts, il avait perdu tout goût de vivre. Sa maladie s'était brusquement aggravée et il n'avait plus la force ni l'envie de s'occuper du domaine et de faire face aux problèmes quotidiens.

Pendant l'office funèbre, la jeune fille se demanda comment serait le nouveau comte, cet Edward Yardcombe qui à l'époque se trouvait toujours sous les drapeaux de l'autre côté de la mer. Serait-il capable de prendre la place de son cousin ? Serait-il aussi aimé et respecté que lui ?

Dorina en était là de ses pensées quand elle se sentit brusquement très mal à l'aise. L'église était pleine, mais la jeune femme eut soudain l'étrange impression que son cousin Jarvis s'imposait au milieu de tous les autres assistants. La taille bien prise dans un habit de grand faiseur, il se tenait debout au premier rang, les bras croisés, le visage moqueur. Mais n'avait-il pas toujours ce sourire ironique, cet air d'être revenu de tout ?

Sans véritable raison, Dorina avait toujours détesté son cousin. Et pourtant ce dernier ne semblait jamais s'apercevoir de son existence. Même lorsqu'il était enfant, il l'ignorait superbement. Pourquoi en effet se serait-il mis en frais pour le pasteur de Little Sodbury et sa famille ? Les Stanfield étaient pauvres et n'avaient aucun poids, aucune importance.

Tout en écoutant le pasteur prononcer les paroles sacramentelles, Jarvis avait l'air de ricaner méchamment.

« Je me laisse emporter par mon imagination, s'était dit la jeune fille, mal à l'aise. J'ai tort de le condamner sans le connaître, ce n'est pas charitable... »

Mais n'avait-elle pas un sixième sens pour juger les gens ? Et son intuition se révélait souvent juste...

Un peu plus tard, au château, après avoir fait ses adieux à l'une des cousines éloignées du comte, une vieille demoiselle qui avait pleuré pendant toute la cérémonie, Dorina monta chercher le manteau noir qu'elle avait porté pendant la cérémonie et qu'elle avait posé sur le lit à baldaquin de l'une des chambres du premier étage.

Ce manteau était tout élimé, mais il la protégerait du froid. Les soirées étaient encore fraîches – et ne lui fallait-il pas regagner le presbytère à pied en traversant les bois ?

Elle était en train de le revêtir quand elle entendit un étrange bourdonnement en provenance de l'autre côté du couloir.

C'était si bizarre, si inquiétant que son sang se glaça dans ses veines. Elle s'exhorta aussitôt au calme.

« Je n'ai aucune raison d'avoir peur ! Ce n'est peut-être qu'un insecte prisonnier d'un rideau... »

Intriguée, elle traversa le couloir. Le bourdonnement devint plus fort. Un bourdonnement ? Une psalmodie plutôt. Et cela venait de la chambre du comte...

Qui pouvait bien se trouver là ? Les invités étaient presque tous partis et les domestiques avaient regagné les cuisines pour terminer les reliefs du repas.

La jeune fille tendit l'oreille et entendit le même mot répété plusieurs fois.

– Nisroch... Nisroch...

Elle se figea sur place. Quelqu'un invoquait Nisroch, le dieu de la haine !

– Moloch... Andramalech...

Si la mémoire ne lui faisait pas défaut, Moloch était le démon dévoreur d'enfants, et Andramalech le dieu du meurtre !

« Ce n'est pas possible ! se dit-elle avec horreur. Je rêve... Ou plutôt, je fais un terrible cauchemar ! Qui peut implorer des anges déchus, de sinistres personnages sortis tout droit de l'enfer ? »

Elle n'avait jamais éprouvé la moindre peur à Yardcombe. Mais cette fois, la terreur la submergea et elle se mit à trembler de tous ses membres.

– Belzébuth, Andramalech, Lucifer... descendez sur moi ! Satan, maître des ténèbres, je me prosterne bien bas devant toi !

Dorina retint sa respiration. Elle reconnaissait maintenant cette voix... C'était celle de Jarvis !

Elle s'obligea à approcher et, par la porte restée entrouverte, elle vit en effet son cousin debout devant le grand lit du comte.

– Fais-le mourir !

Sa voix monta.

– Oui, fais-le mourir, Lucifer ! Comme tu as tué William et Charles ! Empêche-le de revenir en Angleterre, et je te jure de devenir ton esclave tout dévoué. Écoute-moi, Lucifer...

Dorina le vit s'agenouiller devant le crucifix qu'il avait retourné.

– Écoute-moi, prince des ténèbres ! Je te supplie à genoux de faire mourir Edward Yardcombe... Si grâce à toi je deviens le huitième comte de Yardcombe, je t'offrirai le plus beau des sacrifices ! Oui, je plongerai dans le sein palpitant d'une jeune vierge la lame acérée d'un poignard !

Jarvis étendit les bras. Soudain, il paraissait presque en transes.

– Satan, je suis ton esclave ! La mort d'Edward Yardcombe en échange du sacrifice d'une jeune vierge. Et mon dévouement total, mon dévouement absolu jusqu'à mon dernier soupir...

Épouvantée, redoutant de voir le diable lui-même apparaître devant Jarvis, Dorina trouva la force de s'enfuir sur des jambes qui la portaient à peine. Elle tremblait comme une feuille en descendant l'escalier. Et elle continuait à trembler de tous ses membres en filant comme une flèche sous le couvert des grands arbres.

Ce fut seulement en arrivant au presbytère que son cœur cessa de battre à grands coups précipités et qu'elle put respirer normalement.

Elle monta s'enfermer dans sa chambre et tenta de se persuader qu'elle avait été le jouet de son imagination. Mais elle savait bien, au fond d'elle-même, que ce n'était pas le cas !

Tout était clair ! Jarvis souhaitait la mort de son cousin pour s'approprier le titre, le domaine et la fortune des Yardcombe !

« Dois-je mettre mon père au courant ? » se demanda-t-elle avec angoisse.

Après mûre réflexion, elle préféra garder tout cela pour elle. En effet, si son père apprenait que Jarvis avait recours à la magie noire et invoquait les démons, il n'hésiterait pas à aller lui faire la leçon.

« Jarvis lui rirait au nez... Et après, il serait capable de se venger... sur Rosabelle ! »

Les paroles de Jarvis ne cessaient de la hanter.

Si grâce à toi je deviens le huitième comte de Yardcombe, je t'offrirai le plus beau des sacrifices ! Oui, je plongerai dans le sein palpitant d'une jeune vierge la lame acérée d'un poignard !

Comprenant que sa jeune sœur courait un terrible danger, Dorina redoutait désormais de voir Jarvis s'approcher d'elle. Elle devinait en effet que son cousin était capable de tout pour obtenir ce qu'il convoitait. Pour lui, la fin justifiait les moyens et la vie d'une très jeune fille lui importait bien peu ! Au contraire, ce serait avec une jouissance infinie qu'il l'égorgerait en invoquant les noms de tous les démons !

Dorina s'était alors fait un serment : il ne fallait à aucun prix que Rosabelle rencontre Jarvis. Mais comment expliquer *pourquoi* au comte ? Bien sûr, elle pouvait lui raconter ce qu'elle avait entendu... Il comprendrait alors les raisons de sa hantise.

Peut-être aussi devait-elle le prévenir que son cousin, au lieu d'être l'ami fidèle et désintéressé qu'il imaginait, souhaitait au contraire sa mort pour prendre sa place ?

« Mais jamais il ne croira tout cela ! Il me dira que j'ai trop d'imagination... »

Le lendemain, Rosabelle et Peter ne cessèrent de parler du comte. Peter s'était rendu aux écuries dès la première heure.

– Hawkins, le responsable, m'a dit que j'avais l'autorisation de venir quand je voulais et de monter tous les chevaux que je voulais – sauf deux étalons qui sont particulièrement difficiles. Il paraît que je ne suis pas encore assez fort pour les tenir.

Il contempla ses petits bras avec une grimace.

– Il faut que j'attende de grandir !

Rosabelle regarda son frère avec envie.

– Tu en as de la chance de pouvoir monter à cheval ! Moi, je suis seulement allée me promener dans le parc avec Rover – à pied ! Demain, je t'accompagnerai.

– Une fille ne peut pas panser les chevaux ! jeta Peter avec dédain.

D'un air condescendant, il ajouta :

– Mais je pourrai demander à Hawkins de te seller une vieille jument bien tranquille pour que tu fasses un petit tour dans le pré.

Dorina fronça les sourcils.

– Ne prends pas de telles initiatives, Peter ! Il faut d'abord demander au comte son autorisation.

– Je suis sûre qu'il dira oui, fit Rosabelle d'un air boudeur. Le comte est très gentil mais toi, tu exagères, Dorina ! Pourquoi essaies-tu toujours de nous empêcher de nous amuser ?

Un peu avant midi, un valet arriva du château dans une voiture légère. Il apportait des fruits en provenance des serres, six bouteilles de bordeaux, des poulets, un gigot et un jambon entier...

Lorsque Dorina vit toutes ces bonnes choses, elle ne manifesta aucun enthousiasme – bien au contraire !

– Je n'ai aucune intention d'accepter la charité, dit-elle à Nanny d'un ton sec. Vous pouvez renvoyer tout cela.

– La charité ! s'exclama Nanny en levant les bras au ciel. Mais qu'allez-vous donc chercher là, mademoiselle Dorina ?

La jeune fille s'entêta.

– Pour moi, cet envoi n'est rien d'autre qu'une aumône.

– Mademoiselle Dorina...

– Et nous aurons assez d'orgueil pour refuser qu'on nous fasse la charité !

Dans un geste protecteur, Nanny étendit les mains au-dessus des paniers recouverts de torchons en lin brodés de la couronne des Yardcombe.

– Relisez donc la Bible, mademoiselle Dorina ! Vous verrez que, depuis toujours, les fidèles ont apporté des offrandes à leurs prêtres ! Monsieur le comte a eu la bonté de penser à nous, et au lieu de faire la fière, vous devriez lui être très reconnaissante !

Prise de court devant la véhémence de la femme de charge, Dorina objecta faiblement :

– Oui, mais...

Nanny l'interrompit.

– Le nouveau comte sait voir clair, lui ! Feu monsieur le comte n'avait même pas remarqué combien nous avions de mal à joindre les deux bouts !

– Il était souffrant...

– Eh bien, moi j'en ai assez de voir Mlle Rosabelle et M. Peter ne pas manger à leur faim ! À mon âge, on n'a pas autant d'appétit, et pourtant je vous assure que par moments je me dis que je mangerais bien à moi toute seule un repas prévu pour dix !

Dorina ne put s'empêcher d'éclater de rire.

– Très bien, Nanny, vous m'avez convaincue ! Et comme le comte a promis d'augmenter le traitement de papa, je suppose que nous pouvons considérer cet envoi comme faisant partie de l'augmentation...

Nanny joignit les mains.

– Est-ce vrai ? Le traitement de M. votre père va être enfin augmenté ? s'écria-t-elle. Eh bien, voici un pas dans la bonne direction ! Ils ont beau se plaindre, au village, le nouveau maître essaie d'arranger les choses. Il fait son possible pour tout remettre en ordre, et en bons chrétiens, nous nous devons de l'aider.

Dorina devait admettre que le comportement du comte l'avait surprise. Cependant elle ne parvenait pas à lui pardonner d'être arrivé au château accompagné de nombreux invités ne songeant qu'à s'amuser.

Soit, l'homme qui avait tenté d'abuser de Mary Bell était un ami de Jarvis et la porte du château lui serait désormais interdite. Mais qu'en était-il de cette lady Maureen Wilson ? Cette femme ondulante comme une chatte et grimée comme une actrice avec laquelle il semblait être au mieux ?

« Je ne suis peut-être qu'une campagnarde, se dit Dorina. Je n'ai jamais quitté mon village... mais je sais que maman aurait désapprouvé l'attitude de cette femme. Une personne de qualité ne se comporte pas ainsi ! »

La jeune fille n'ignorait pas, cependant, que les temps avaient changé. Dans certains salons londoniens, on ne songeait qu'à s'amuser... D'ailleurs, le prince-régent avait été le premier à donner l'exemple de la frivolité !

« Si lady Maureen représente le genre de femme qui plaît au nouveau comte, c'est une raison de plus pour que Rosabelle évite le château ! À l'âge où l'on est le plus influençable, il serait trop dommage qu'elle prenne exemple sur cette espèce d'évaporée ! »

Les incantations de Jarvis au démon lui revinrent à la mémoire et elle se sentit glacée. Une fois de plus, elle se demanda si elle devait mettre le comte au courant. Et une fois de plus, elle se dit qu'il ne la croirait pas...

Pouvait-on vraiment nuire à un être humain en ayant recours à la magie noire ? Elle avait un jour questionné adroitement son père à ce sujet.

Le pasteur s'était mis à rire.

– Seuls les gens très simples ou un peu dérangés croient aux pouvoirs du démon, lui avait-il répondu.

– Pourtant, il y a encore des sorcières dans la région ! On dit qu'elles peuvent rendre les gens et les animaux malades, provoquer des accidents, faire tourner le lait, rancir le beurre...

Son père avait haussé les épaules.

– Balivernes que tout cela !

Dorina était très petite quand une villageoise persuadée qu'on lui avait jeté un sort était venue trouver sa mère. Celle-ci avait tout de suite rassuré sa visiteuse :

– Seules les méchantes personnes peuvent être atteintes par les mauvais esprits.

Dorina était persuadée que Jarvis ne pourrait jamais nuire à son père, qui était le meilleur des hommes.

« En revanche, si le comte n'est pas très vertueux – ce que je crains, hélas ! – les maléfices de Jarvis peuvent l'atteindre... »

Par conséquent, elle devait le mettre au courant... Mais comment pouvait-elle aller le trouver pour lui raconter que son cousin avait fait un pacte avec le démon ?

« Impossible ! se dit-elle une fois de plus. Il me rirait au nez ! »

Le lendemain matin, comme tous les autres jours, Dorina descendit de bonne heure pour aider Nanny à préparer le petit déjeuner.

– Dès que ma leçon avec Mlle Soames sera terminée, j'irai aux écuries avec Peter ! déclara Rosabelle d'un ton plein de défiance.

Sans laisser à sa sœur le temps d'ouvrir la bouche, elle enchaîna :

– Je sais pourquoi tu ne veux pas que j'aille là-bas ! Tu es jalouse parce que le comte ne t'a pas proposé de monter ses chevaux !

– Rosabelle...

– Tu es furieuse parce qu'il ne t'a pas invitée au château, et pourtant c'est grâce à toi que M. Burrows et Mme Meadows ont accepté de reprendre leurs postes !

– Oh ! Comment peux-tu...

Dorina n'eut pas le temps d'en dire plus : sa sœur venait de se jeter à son cou.

– Pardon ! Oh, pardon ! s'écria-t-elle en pleurant. Je ne voulais pas dire de choses aussi horribles ! Je ne sais pas ce qui m'a pris... Pardon, Dorina ! Je suis sûre que le comte t'invitera à prendre le thé au château, et qu'il te proposera de te promener à cheval avec lui, et qu'il sera aussi gentil avec toi qu'avec Peter et moi !

Dorina serra sa sœur contre elle tandis que cette dernière poursuivait en sanglotant :

– Pardon ! Tu es si bonne avec Peter et avec moi, tu te donnes tant de mal... Et je suis tellement insupportable !

– Allons, calme-toi, ma chérie, dit Dorina en caressant les cheveux de sa sœur. Je ne suis pas fâchée... Après ta leçon, tu pourras aller aux écuries avec Peter. Mais promets-moi une chose !

– Laquelle ? demanda Rosabelle avec une visible appréhension.

– Si par hasard tu aperçois le cousin Jarvis, reviens immédiatement à la maison.

Rosabelle parut surprise.

– Le cousin Jarvis ? Je le déteste ! Je ne sais pourquoi, il me fait même peur...

– Alors reviens tout de suite ici si tu le vois. Et tu pourras retourner aux écuries un autre jour, quand il ne sera pas là. Je peux compter sur toi ?

– Oh, oui ! Surtout ne t'inquiète pas, Dorina, je n'ai pas besoin de tes recommandations pour l'éviter comme la peste !

Après avoir terminé leur petit déjeuner, les deux enfants partirent chez Mlle Soames, qui habitait à l'autre bout du village. Nanny alla faire des courses et le pasteur se souvint qu'une malade attendait sa visite et qu'il devait régler les formalités d'un baptême avant de retourner à ses chers cactus.

Dorina était en train de débarrasser la table quand un coup de sonnette retentit. Elle alla ouvrir et se trouva devant un homme jeune et séduisant qui tenait son cheval par la bride.

– Je suppose que vous êtes mademoiselle Stanfield ? demanda-t-il.

– Mais oui, fit-elle, assez surprise que cet étranger connaisse son nom.

– Je m'appelle Harry Harringdon et je suis l'hôte d'Edward Yardcombe. Je ne connais personne ici, je ne sais à qui m'adresser... sinon à vous. Il faut absolument que vous m'aidiez !

Dorina ne demanda pas pourquoi le comte avait jugé bon de lui envoyer son ami au lieu de se déplacer lui-même...

– Attachez votre cheval à cet anneau et entrez, je vous en prie.

– Je n'en ai pas le temps ! Je cherche un médecin... et l'on vient de me dire que celui de Little Sodbury était parti depuis déjà trois jours !

– En effet. Sa mère vient de mourir et il ne reviendra probablement pas au village avant la semaine prochaine.

– C'est dramatique ! Pouvez-vous m'indiquer un autre médecin ?

– Il faudrait aller jusqu'à la ville voisine...

– Est-ce loin ?

– Une vingtaine de kilomètres.

Harry Harringdon porta la main à son front dans un geste égaré.

– Vingt kilomètres ! On a le temps de mourir...

– Il y a un malade au château ?

– Votre cousin Edward. Il a été malade toute la nuit et j'ai l'impression qu'il est en train de sombrer dans le coma.

– Mon Dieu ! Aurait-il eu à dîner un plat qui n'était pas frais ou qui ne lui convenait pas ?

– Nous avons eu exactement le même menu et je n'ai ressenti aucun trouble.

– Peut-être a-t-il mangé autre chose ? Un fruit qu'il aurait cueilli lui-même dans le jardin ? Que sais-je ? A-t-il reçu du monde hier ?

– À part les fermiers qui se sont succédé dans son bureau, la seule visite qu'il ait eue a été celle de son cousin Jarvis Yardcombe.

Dorina se raidit.

– Jarvis est au château ?

– Il est arrivé dans le courant de l'après-midi, très content de lui-même car son nouvel attelage lui a permis d'effectuer le trajet de Londres à Little Sodbury en seulement deux heures et demie, alors qu'il faut compter d'ordinaire trois heures.

– Cette visite était-elle prévue ?

– Pas que je sache.

D'un ton sarcastique, Harry ajouta :

– Jarvis a voulu faire une petite surprise à Edward, je suppose.

Il ne semblait pas porter Jarvis dans son cœur, lui non plus...

– Aurait-il pu donner quelque chose à manger à milord ? demanda Dorina.

– Quand j'ai vu Edward ce matin, il avait encore sa connaissance mais il parvenait à peine à s'exprimer. Je lui ai posé des questions auxquelles il n'a pas réussi à répondre très clairement. Il me semble pourtant qu'il a parlé de vin...

Une lueur angoissée passa dans les grands yeux de Dorina.

– Je vais aller au château. J'apporterai des potions que j'ai confectionnées moi-même avec des plantes, selon les recettes transmises par ma mère. J'ai souvent soigné les villageois... en général avec de bons résultats.

Harry paraissait dubitatif.

– Cela vaut mieux que rien, je suppose... Écoutez, pendant que vous vous préparez, je retourne le plus vite possible au château et je reviens vous chercher avec mon phaéton.

– Cela me laissera le temps de cueillir quelques plantes médicinales dans le jardin. Mme Meadows pourra éventuellement les préparer sur place selon mes instructions. Elle sait, tout comme Burrows, combien les recettes de maman sont efficaces !

Sans perdre davantage de temps, Harry détacha son cheval et se mit en selle.

– À tout de suite ! cria-t-il avant de l'éperonner.

Dorina se prit la tête entre les mains et fit appel à toute sa force de volonté pour se concentrer.

Elle était presque sûre que la soudaine maladie du comte était l'œuvre de Jarvis.

« Dans un sens, je suis responsable. Oh ! Pourquoi n'ai-je pas eu le courage de dire tout ce que je savais au comte ? Il se serait méfié de son cousin et rien ne lui serait arrivé... Et s'il était perdu ? »

À peine avait-elle formulé cette pensée qu'elle s'en voulut.

« Je me laisse emporter par mon imagination ! »

Il arrivait que les villageois soient terrassés par des accès de fièvre inexplicables. Le médecin s'arrachait les cheveux.

– Je n'y comprends rien !

Si les plus âgés et les plus faibles des malades mouraient parfois, les autres se remettaient après quelques jours de délire.

« J'ai tort de m'affoler sans savoir ! C'est peut-être quelque chose qu'il a mangé qui l'a rendu malade. Si c'est le cas, après avoir éliminé les poisons d'une manière naturelle, il sera sur pied dans un ou deux jours. »

Dorina s'efforça de se rassurer.

« Je parie qu'il ira déjà mieux quand j'arriverai au château ! »

Malgré tout, ses mains tremblaient tandis qu'elle réunissait les potions dans des flacons dûment étiquetés et qu'elle cueillait des plantes fraîches.

La voix fanatique de Jarvis ne cessait de résonner à ses oreilles.

Prince des ténèbres, je te supplie à genoux de faire mourir Edward Yardcombe. Si grâce à toi je deviens le huitième comte de Yardcombe, je t'offrirai le plus beau des sacrifices. Oui, je plongerai dans le sein palpitant d'une jeune vierge la lame acérée d'un poignard !

Harry Harringdon avait dû galoper ventre à terre pour regagner le château, car à peine un quart d'heure plus tard, il revenait avec un léger phaéton tiré par deux chevaux fringants.

Il s'empara du panier plein de fioles et des plantes que la jeune fille venait de couper dans le jardin. C'était Mme Stanfield qui les y avait plantées et le pasteur négligeait parfois ses cactus pour les entretenir en souvenir de la défunte.

– Avez-vous vu le comte ? demanda-t-elle à Harry tandis que les chevaux filaient au triple galop dans la grande allée du château.

– Je n'ai pas pris le temps de monter dans sa chambre.

Il fouetta encore les chevaux, au risque de faire verser la légère voiture si haute sur roues.

– Il me semblait plus urgent de venir vous chercher.

– J'espère pouvoir faire quelque chose... murmura la jeune fille.

Déjà, ils arrivaient en vue du château et Harry ralentit l'allure des chevaux. Il jeta les rênes à un valet avant de se retourner pour aider la jeune fille à descendre. Mais elle avait déjà sauté à terre et, d'un pas vif, gravissait le perron.

Elle traversa le hall et Harry ne la rejoignit que dans le monumental escalier à double révolution. Dorina connaissait les lieux et ce fut sans hésiter qu'elle se dirigea vers la grande chambre qui avait été celle de tous les comtes de Yardcombe. Celle où Jarvis avait invoqué Satan et ses démons le jour des obsèques de son vieux cousin...

Même si la pièce sentait bon l'eau de Cologne et le parfum des lis blancs dont un grand bouquet ornait la cheminée, la jeune fille fut immédiatement sensible à l'atmosphère inquiétante qui y régnait.

« C'est sinistre, on sent rôder l'esprit du mal... » songea-t-elle avec une véritable terreur.

Le comte gisait dans le grand lit à baldaquin, les yeux clos. Lui qui montait tous les jours à cheval et passait beaucoup de temps au grand air avait d'ordinaire le visage hâlé... Or ce matin-là, son teint était si pâle, si maladif qu'il avait des reflets bleutés.

Harry s'approcha du lit.

– M'entendez-vous, Edward ? Je vous ai amené votre cousine Dorina...

Au prix d'un visible effort, le comte souleva les paupières.

– Je... je me sens très mal, réussit-il à dire d'une voix presque inaudible. A... allez chercher un... un médecin, je... je vous en supplie...

– Le médecin du village est absent, déclara Dorina. J'ai l'habitude de le remplacer auprès des villageois et j'ai apporté des médicaments très efficaces qui devraient vous aider à guérir. Mais il faut que je sache ce qui vous a rendu malade !

– Je... je l'ignore...

Dorina dut se pencher pour saisir ce qu'il disait.

– A... à moins que... que ce ne soit le... le vin que Jarvis m'a... apporté ?

– Quel vin ? Où est-il maintenant ?

Le comte ferma les yeux.

– Ce... ce n'était pas du vin mais du... du cognac, je crois. De... de l'excellent cognac en... en provenance de France. Jar... Jarvis voulait en offrir au... au prince-régent.

Sa voix devint encore plus faible tandis qu'il ajoutait :

– Il... il m'a dit que j'étais un... un connaisseur en cognac et que... qu'il fallait que je goûte celui-ci. Il m'en a donné un verre au... au moment où... où je me changeais a... après être monté à cheval.

Harry intervint.

– Il devait être quatre heures de l'après-midi, dit-il. Je me changeais moi-même dans ma propre chambre. Apparemment, après avoir fait boire Edward, Jarvis est tout de suite reparti pour Londres.

Le comte parut soudain oppressé et sa respiration se fit haletante.

– Je... je n'en ai bu qu'un demi-verre parce que je.. je n'aime pas boire d'alcool en... entre les repas. Je.. j'ai dit à... à Jarvis que... que c'était très bon et que le... le prince-régent l'apprécierait sûrement. Mais dès... dès qu'il a quitté la pièce, je... j'ai jeté le reste...

– C'est ce qui vous a sauvé la vie ! s'exclama Dorina.

– Co... comment cela ?

– Je suis sûre que ce cognac était empoisonné !

5

Ce cognac était empoisonné...

Dorina n'avait pas parlé bien fort, pourtant ses paroles parurent résonner dans la pièce, amplifiées en mille échos.

Le comte la regardait d'un air incrédule, seuls ses yeux terriblement cernés semblaient vivre dans son visage aux traits tendus d'une pâleur si malsaine...

– Ai... aidez-moi, balbutia-t-il. Je... j'ai l'impression de tom... tomber dans un puits sans fond. Un puits si... si sombre, si... si effrayant... Ô mon Dieu, comme je me sens las !

Ses paupières se fermèrent.

– Je... je crois que... que je suis en train de mou... mourir.

Dorina le saisit par les mains, tentant de lui insuffler un peu de sa force.

– Restez avec nous, milord ! Courage ! Il faut lutter ! Ne vous laissez pas abattre ! J'ai là tous les médicaments nécessaires pour vous aider à surmonter ce malaise ! Mais il faut que vous participiez !

Elle courut chercher son panier et le posa au bout du lit.

– Le temps presse, dit-elle à Harry avec angoisse. À mon avis, il a été empoisonné soit par de la belladone, soit par de la digitale.

Il lui adressa un coup d'œil surpris.

– Belladone ou digitale ? Mais comment pouvez-vous être aussi sûre de votre diagnostic ?

– C'est facile ! Il présente les symptômes des deux types d'empoisonnement. C'est la belladone qui lui donne ce teint bleuâtre dû au manque d'oxygène, tandis que la digitale le fait sombrer peu à peu dans un coma profond...

Elle baissa la voix.

– Et tout se termine par des convulsions extrêmement pénibles.

Elle jeta un rapide coup d'œil au comte qui semblait maintenant à peine respirer.

– Pourvu qu'il n'ait pas ingurgité la dose fatale ! Il prétend n'avoir bu que la moitié du verre... S'en souvient-il seulement ? S'il l'avait bu entièrement...

Après s'être assurée que le comte ne pouvait pas l'entendre, la jeune fille déclara très bas :

– Il ne serait déjà plus de ce monde.

À peine avait-elle prononcé ces mots que ses doigts se mirent à trembler sur les fioles, tandis qu'un désespoir infini l'envahissait.

Mais ce n'était pas le moment de se laisser aller au découragement. Il fallait agir ! Tout ce qui pouvait être fait devait l'être.

– Grâce au ciel, j'ai confectionné il y a deux jours, en suivant les recettes de ma mère, un élixir pour un enfant qui avait mangé des baies de belladone, déclara-t-elle.

Elle sortit un petit flacon du fond du panier, et après l'avoir longuement secoué, en versa une partie du contenu dans un verre. Puis elle alla s'asseoir près du comte, et, avec douceur, lui souleva la tête.

– Buvez ceci, milord. Vous vous sentirez tout de suite mieux.

L'avait-il seulement entendue ? Elle lui approcha le verre des lèvres.

– Buvez... répéta-t-elle.

Ce fut avec angoisse qu'elle attendit qu'il s'exécutât. Car elle n'ignorait pas que la difficulté d'avaler constituait l'un des autres symptômes de l'empoisonnement à la belladone.

Le comte réussit à entrouvrir les lèvres et elle fit aussitôt couler un peu de liquide dans sa bouche. Il lui fallut beaucoup de patience pour réussir à lui faire avaler tout le contenu du verre. Puis elle lui reposa la tête sur les oreillers.

– Voilà... Vous devriez très vite vous sentir mieux.

– Mer... merci. Mais quel... quel drôle de goût ! Une... une vraie purge !

Était-ce son imagination ? En tout cas Dorina eut l'impression que la voix du comte était déjà un peu plus forte.

– Êtes-vous trop fatigué pour m'écouter, milord ? demanda-t-elle. Si vous préférez dormir, nous parlerons plus tard...

Edward ouvrit les yeux. Sans avoir retrouvé son acuité habituelle, son regard paraissait moins vitreux.

L'effet de la potion était encore plus rapide que Dorina ne l'avait espéré. Ce qui était assez compréhensible ! Car d'une part le comte n'avait pas avalé toute la dose que lui destinait son cousin. Et, de l'autre, c'était un homme jeune et fort, un homme en pleine santé capable de lutter même contre la belladone et la digitale.

Il était toujours d'une pâleur mortelle mais, déjà, il haletait moins en respirant.

– Dorina...

Avec élan, elle lui prit les mains.

– Oui ?

– Pour... pourquoi accusez-vous Jarvis de... d'avoir voulu m'empoisonner ?

Elle hésita. Était-ce le moment de lui dire ce qu'elle savait ? Était-il assez fort pour entendre pareilles révélations ?

La jeune fille adressa à Harry Harringdon un coup d'œil anxieux. Et quand l'ami du comte hocha la tête d'un air encourageant, toutes ses réticences s'évanouirent.

– Parce que je sais qu'il veut votre mort. Le jour des obsèques de votre cousin, je l'ai surpris en train de... de faire un pacte avec le démon.

Tout ce qu'elle avait entendu ce jour-là était resté gravé dans sa mémoire, et elle put le rapporter aux deux hommes presque mot pour mot.

Le comte porta à son front une main tremblante.

– Comment... comment des gens civilisés, des gens éduqués peuvent-ils se comporter ainsi ? J'ai... j'ai peine à croire que des choses aussi horribles puissent se passer de nos jours, et dans notre pays !

Dorina constata avec plaisir que sa voix semblait encore plus nette.

– C'est incroyable, en effet ! renchérit Harry. Dans un grand pays moderne comme le nôtre...

Il secoua la tête avec stupeur.

– Et que votre cousin n'hésite pas à recourir au meurtre pour obtenir ce qu'il désire... cela me sidère !

– Il a toujours été méchant et jaloux, déclara Dorina. Même étant enfant, je me souviens qu'il enviait William et Charles.

– C'était le petit cousin pauvre ? demanda Harry.

– Oui.

Dorina sourit.

– Nous aussi, d'ailleurs...

– Mais cela ne vous a pas donné envie de tuer !

– Quelle horreur ! s'exclama la jeune fille en frissonnant.

Harry réfléchissait.

– À l'idée qu'il n'y avait plus qu'Edward entre lui et tout ce qu'il rêvait de posséder... il est devenu fou, dit-il d'un air songeur.

Le comte demeurait silencieux. Les yeux grands ouverts dans un visage d'une blancheur de cire, il respirait toujours avec effort, mais plus régulièrement.

Harry se pencha vers lui.

– Edward ! Vous m'entendez ?

– Oui...

– Vous n'allez tout de même pas vous laisser mourir d'une manière aussi lamentable après être revenu de la guerre sans même une égratignure !

Le comte s'efforça de sourire. Mais ce sourire ressemblait plutôt à une grimace...

– Mais qui vous dit que... que j'ai l'intention de mourir ?

– Vous allez guérir, au contraire ! fit Dorina d'une voix ferme. Il le faut !

– Pour... pourquoi ?

– Parce que votre disparition serait dramatique pour les villageois ! Si Jarvis devenait comte, il dépenserait toute la fortune des Yardcombe à Londres. Quant au domaine, il irait à vau-l'eau !

Edward esquissa un faible sourire.

– Serait-il possible que... que vous me fassiez en.. encore la leçon, Dorina ?

– Pas pour le moment. Cependant n'ayez crainte, vous n'y couperez pas plus tard !

Le sourire du comte s'agrandit. Il semblait un peu mieux mais sa peau avait toujours cet étrange reflet bleuâtre. Et la jeune fille sut qu'elle ne s'était pas trompée en diagnostiquant un empoisonnement à la belladone. Jarvis n'avait pas eu de mal à faire sa mortelle récolte ! Cette plante poussait comme du chiendent sur le domaine.

Dorina prit le pouls du comte. Elle fronça les sourcils en constatant qu'il battait de manière très irrégulière. Sans mot dire, elle retourna à son panier, choisit une autre fiole et en fit boire le contenu au malade.

– Maintenant, nous allons vous laisser vous reposer, fit-elle à mi-voix. Tâchez de dormir. Quand vous vous réveillerez, vous vous sentirez beaucoup mieux, je vous le promets.

Le comte ferma les yeux.

– Je... je suis si fatigué...

Une fois hors de la chambre, la jeune fille dit à Harry qui l'avait suivie :

– Je devrais peut-être aller chercher mon père, murmura-t-elle. Qu'en pensez-vous ?

Harry sursauta.

– Pour... pour donner à Edward l'extrême-onction ? Vous le croyez perdu ?

– Mais non ! Je pense simplement qu'il serait bon d'exorciser le château. L'atmosphère qui règne ici ne me plaît guère...

Harry laissa échapper un rire moqueur.

– Vous voyez des diables dans tous les coins ! Ne me dites pas que vous croyez à ces histoires de bonne femme !

La jeune fille pâlit.

– Je vous en prie, ne vous moquez pas ! Il ne faut pas rire avec cela.

Le visage de Harry redevint sérieux.

– Ne m'en veuillez pas, je ne riais pas vraiment... j'essayais de jouer les hommes forts ! Venez, mon phaéton doit toujours être devant le perron. Allons chercher votre père.

– Il ne faudrait pas laisser le comte seul.

– Ne vous inquiétez pas, je vais demander à son valet de rester à son chevet.

– Avez-vous confiance en ce domestique ?

– Une confiance absolue ! Il a suivi Edward pendant toute la guerre et se ferait hacher menu pour lui.

Cette fois, comme le temps pressait moins, ce fut au petit trot que Harry mena ses chevaux dans la grande allée du château.

– Le croyez-vous sauvé ? demanda-t-il avec inquiétude.

– Si l'on sait l'utiliser à temps, l'antidote de maman est souverain et je suis sûre qu'il surmontera cet empoisonnement.

Elle laissa échapper un soupir inquiet.

– Mais ce que je crains maintenant, c'est que Jarvis ne se manifeste de nouveau. Il est tout à fait capable d'avoir semé dans la chambre quelques autres maléfices...

– Si je n'avais pas vu de mes yeux ce qui est arrivé à Edward après avoir bu un demi-verre de cognac, je penserais que vous vous laissez emporter par votre imagination.

– Ce qui est loin d'être le cas, hélas ! Et je m'en veux terriblement de ne pas avoir révélé au comte ce que je savais. Il se serait méfié et...

– J'en doute ! coupa Harry.

Avec bon sens , il enchaîna :

– Si vous lui aviez raconté que Jarvis invoquait le démon, il ne vous aurait pas crue une seconde !

Son visage s'assombrit.

– Maintenant, nous savons que cet homme est prêt à tout pour arriver à ses fins. Même au meurtre !

– Même au meurtre... fit Dorina en écho.

Ils arrivaient devant le presbytère et elle sauta en bas de la voiture. Harry sut faire preuve d'assez de tact pour ne pas la suivre.

La jeune fille craignait que son père ne soit pas encore de retour. Mais elle le trouva dans son bureau, vêtu d'un surplis car il venait de célébrer l'office du matin auquel n'assistaient que deux ou trois vieilles femmes.

– Quelle belle journée ! s'exclama-t-il en souriant. As-tu vu ce soleil, Dorina ? Je crois que je vais aller au jardin m'occuper de mes cactus...

– Avant cela, père, j'ai un grand service à vous demander.

– De quoi s'agit-il, ma chère enfant ?

Mal à l'aise, la jeune fille demanda :

– Auriez-vous par hasard déjà pratiqué un... un exorcisme ?

Elle s'attendait à ce que son père pousse de grands cris. Ce ne fut pas le cas...

– Je dois admettre que cela m'est souvent arrivé autrefois, déclara le pasteur en hochant la tête.

Dorina ouvrit de grands yeux.

– Êtes-vous sérieux, père ?

– Bien entendu, ma chère enfant. Lorsque j'étais un tout jeune vicaire, j'ai été d'abord nommé dans l'Essex, une province où les pratiques de sorcellerie étaient monnaie courante il y a encore peu d'années. Il ne se passait pas de mois sans que des villageois ne viennent au presbytère demander au vieux pasteur et à moi-même de pratiquer un exorcisme.

Il hocha la tête d'un air entendu.

– As-tu entendu parler des sorcières de Chelmsford ? Les premières à être pendues haut et court dans le pays...

– Mais cela se passait au Moyen Age, si mes souvenirs sont exacts !

– Elles ont été jugées en 1556.

Craignant que son père ne se lance dans l'une de ces longues digressions historiques dont il était coutumier, Dorina déclara :

– C'est une bien vieille histoire ! Vous disiez donc, père, qu'il vous était arrivé de pratiquer des cérémonies d'exorcisme ?

– C'est exact. Il m'est arrivé fréquemment d'aider le pasteur de la paroisse à célébrer les cérémonies traditionnelles d'exorcisme. Avec lui, j'ai chassé des fantômes et des mauvais esprits...

Sans se rendre compte de l'anxiété contenue de sa fille, le pasteur eut un petit rire.

– Ma foi... On peut presque dire que je suis un expert en la matière !

– Tant mieux ! Dans ce cas, vous devez venir immédiatement avec moi, père.

– Mais où donc, ma chère enfant ? Mes cactus...

– Vos cactus attendront ! Toutes affaires cessantes, il faut que vous alliez exorciser le mal que Jarvis a laissé dans la chambre du comte.

– Quoi ? Le mal que...

– Mon cousin Jarvis a passé un pacte avec Satan et tous les démons ! Je l'ai entendu les invoquer...

Le pasteur tombait visiblement des nues.

– Mais que me racontes-tu là, ma chère enfant ?

– Jarvis a recours à la magie noire pour se débarrasser du comte !

– Voyons, Dorina...

– Écoutez-moi, père, je vous en supplie !

Il fallut un certain temps à la jeune fille pour tout expliquer. Enfin, le pasteur comprit la situation... Mais au lieu de prendre son livre de prières, il déclara d'un ton sévère :

– Par exemple ! Que signifie cette histoire ? En fait d'exorcisme, il faut immédiatement prévenir la police ! Si l'enquête révèle que Jarvis a bien essayé d'empoisonner son cousin, il devra rendre compte de ses actes devant un tribunal !

– Personne ne voudra jamais croire une chose pareille, père !

– Et pourquoi pas ? Si...

Dorina l'interrompit.

– Vous-même avez refusé d'ajouter foi à mes dires. Il m'a fallu bien longtemps avant de réussir à vous convaincre. Comment voulez-vous qu'un officier de police de province admette que Jarvis cherche à supprimer l'actuel comte de Yardcombe pour hériter de son titre et de ses possessions ?

Déjà à demi convaincu, le pasteur hocha la tête.

– Évidemment, c'est une drôle d'histoire...

– Il faut tout d'abord contrer les attaques de Jarvis. C'est pourquoi je vous prie instamment de venir avec moi au château et d'exorciser la chambre où le comte se débat entre la vie et la mort.

Cette fois, le pasteur n'hésita pas une seconde.

– Je te suis, ma chère enfant. D'ailleurs, je suis déjà prêt pour officier : tu vois, j'ai encore mon surplis ! Il me reste à prendre mon livre de prières.

Il s'en empara et suivit sa fille, alors que Harry les attendait dehors ; le phaéton était un peu étroit pour trois personnes, mais le temps pressait tellement qu'il n'était pas question d'envoyer chercher une autre voiture aux écuries de Yardcombe.

Harry fouetta ses chevaux qui commençaient à s'impatienter de cette longue halte, et ils partirent comme l'éclair.

À leur arrivée au château, Dorina fut la première à sauter hors de la voiture. Sans attendre que son père en descende à son tour, elle courut vers la chambre du malade, le cœur battant à tout rompre.

Elle n'avait qu'une hantise : que ses potions n'aient pas été suffisantes pour lutter contre le poison et... et que le comte n'ait déjà succombé.

Elle le trouva gisant au milieu de son lit, les yeux clos. Il n'avait pas changé de position depuis qu'elle l'avait quitté... Le valet qui se tenait à son chevet se leva.

– Je crois qu'il dort, mademoiselle.

Sans mot dire, la jeune fille prit le pouls du malade. Non seulement il battait, mais il battait beaucoup plus régulièrement !

« Dieu soit loué ! »

Le visage du comte était toujours très pâle, mais il n'avait plus cette étrange couleur bleutée due à la belladone.

Le valet se retira discrètement lorsque M. Stanfield et Harry firent leur entrée dans la pièce.

Le pasteur était maintenant persuadé de l'urgence de la situation et ce fut sans perdre une seconde qu'il commença l'exorcisme.

Dorina, qui n'avait pas eu l'occasion d'assister à une semblable cérémonie auparavant, fut étrangement émue par la tranquille autorité avec laquelle son père prononçait les paroles rituelles qui ordonnaient à l'esprit du mal de partir pour laisser la place à Dieu et à ses saints.

Les rideaux étaient tirés et la pièce se trouvait dans une semi-obscurité. Pourtant, Dorina eut l'impression que le soleil et l'air pur pénétraient maintenant à flots dans cette chambre.

Elle s'agenouilla quand son père fit quatre signes de croix en se tournant vers chacun des points cardinaux avant de bénir le comte.

Ce dernier souleva les paupières juste à ce moment-là. Mais Dorina avait l'intuition qu'il était réveillé depuis déjà un certain temps et savait ce qui était en train de se passer autour de lui.

Le pasteur parut soudain épuisé et se laissa tomber sur un fauteuil.

« Il est fatigué, et quoi de surprenant ? se dit la jeune fille. Il vient de lutter contre les forces du mal... »

– C'était très émouvant, murmura Harry.

– Je me sens mieux, déclara le comte d'une voix qui avait retrouvé un peu de vigueur. Merci, Dorina !

La jeune fille avait l'étrange impression de revenir de très loin, de très haut. Le comte était sauvé, son père avait éloigné les démons... Et ce fut avec une certaine tristesse qu'elle songea qu'il ne lui restait plus maintenant qu'à affronter la monotonie du quotidien.

Elle reprit son panier et versa le fond d'une fiole dans un verre qu'elle apporta au comte.

– Buvez cela.

Il obéit sans un mot.

Le pasteur ôta son surplis brodé sous lequel il portait sa soutane noire de tous les jours.

– Comment vous sentez-vous, milord ? demanda-t-il.

– Cent fois mieux ! Tout cela grâce à vous et à votre fille.

– Dorina m'a tout raconté. Je pense qu'il faudrait prévenir les autorités pour empêcher Jarvis de recommencer ! Car lorsqu'il comprendra que son premier essai a échoué, il recommencera...

– C'est ce que je crains, fit le comte d'un air résigné. Mais comment le mettre hors d'état de nuire ?

– En ce moment, vous n'avez rien à craindre, dit Harry. Il doit penser que le poison est en train de faire son effet, et il attend en se frottant les mains que la nouvelle de votre mort arrive jusqu'à Londres !

Le comte esquissa un sourire.

– Il va être bien déçu !

Harry réfléchissait.

– Comment lui donner une si bonne leçon qu'il en oubliera l'envie de recommencer ?

Le comte serra les poings.

– Il mérite une bonne correction, pour sûr ! Et je m'en chargerais volontiers... Je pourrais aussi le provoquer en duel. Mais s'il est déterminé à se débarrasser de moi, il faut trouver autre chose.

Dorina joignit les mains.

– Vous... vous pensez qu'il va de nouveau essayer de vous tuer ?

– Il a tout à gagner de ma disparition.

– C'est terrible ! s'écria la jeune fille. Comment pourrez-vous vivre en sentant une telle menace planer sur vous ?

– C'est terrible ? releva le pasteur. Moi, je dirais plutôt que c'est intolérable. Il faut faire quelque chose. La police...

Harry l'interrompit.

– Mieux vaut la laisser en dehors de tout ceci !

– Alors je vais parler à Jarvis, déclara le pasteur. Je vais lui dire ce que je pense et...

Dorina leva les yeux au ciel.

– Si vous croyez qu'il vous écoutera !

Elle n'ajouta pas que Jarvis méprisait ouvertement son père pour n'être qu'un pasteur de village. De plus, s'il apprenait que M. Stanfield et sa fille avaient contrecarré ses plans, il risquait de devenir leur ennemi juré !

– Que faire ? murmura le pasteur.

– Il faut trouver quelque chose, dit Harry. Comme vient de le dire votre fille, aucun homme ne peut vivre avec une telle épée de Damoclès suspendue au-dessus de la tête. Edward se sentira tellement menacé qu'il n'osera bientôt plus rien manger ni boire... ni même se promener car Jarvis est capable de le guetter au détour d'une allée, armé d'un revolver ou d'un couteau !

Le comte fit la grimace.

– Que de perspectives réjouissantes, Harry ! Vous avez l'art de trouver les mots qu'il faut pour mettre un malade de bonne humeur !

Sa voix résonnait d'une manière presque normale, et un peu de couleur revenait déjà à ses joues.

Harry parut confus.

– Pardon, Edward. Je comprends que cette conversation ne vous plaise guère... Si vous voulez, nous pouvons aller la poursuivre ailleurs.

– Certainement pas ! Comme ceci est pour moi une question de vie ou de mort, je préfère tout entendre... et au besoin prendre les décisions qui s'imposent.

– Dans ce cas, nous restons, dit Dorina. Tâchez cependant de ne pas trop vous fatiguer.

Elle l'enveloppa d'un regard inquiet.

– Vous devez avoir des difficultés à parler tout comme à avaler...

– Comment le savez-vous ? s'écria le comte.

– Je connais l'effet de la belladone.

– J'ai été très étonné de constater que vous connaissiez si bien les plantes médicinales.

– Ma mère m'a transmis son savoir. Les villageois venaient souvent la trouver quand ils étaient malades. Ils savaient qu'elle les soulagerait.

Dorina adressa à son père un regard dans lequel se lisait un peu de défi avant d'ajouter :

– À Little Sodbury, on l'appelait la bonne sorcière.

Le pasteur pinça les lèvres.

– C'est la vérité, hélas ! Oh ! je ne mets pas en doute les qualités curatives de certaines herbes, mais je désapprouve totalement la sorcellerie, qu'elle soit bienfaisante ou maléfique. Malheureusement les villageois préfèrent croire à la magie plutôt qu'au pouvoir des plantes.

– Magie ou pas, dit le comte en souriant, je suis très reconnaissant à Dorina de m'avoir sauvé. Ce matin, quand je me sentais si faible, j'étais vraiment persuadé que j'allais mourir.

– C'est bien ce qu'espérait votre cousin Jarvis ! s'écria Harry avec colère.

Son visage se durcit :

– Si jamais cet homme a le malheur de croiser mon chemin, je lui donnerai une telle correction qu'il ne pourra pas marcher pendant au moins huit jours !

– Lorsqu'il reviendra, il sera plus déterminé que jamais à devenir comte de Yardcombe, déclara Dorina d'une voix neutre.

Il y eut un silence. Un silence lourd, tendu... La jeune fille fut la première à le rompre.

– J'ai une idée !

Tout le monde se tourna vers elle

– Oui ? interrogea Harry.

– Vous pensez, monsieur Harringdon, que Jarvis est en train d'attendre à Londres qu'on lui apprenne la nouvelle de la mort de son cousin ?

– Tout à fait.

– Et si nous nous arrangions pour lui faire savoir que le comte est au plus mal ? Je suppose qu'il accourra, toutes affaires cessantes, prêt à prendre sa succession. Nous pourrons alors le démasquer, et lui faire si peur qu'il n'osera jamais recommencer...

De nouveau, il y eut un silence.

– Vous avez raison, mademoiselle Stanfield, déclara enfin Harry. Il faut que Jarvis sache que nous sommes au courant de sa tentative de meurtre, et que si jamais il essaie de recommencer, il sera immédiatement arrêté, emprisonné, jugé et pendu !

– Croyez-vous qu'il vous écoutera ? demanda le pasteur d'un air dubitatif.

– Il le faudra bien ! Je vais immédiatement lui écrire une lettre très amicale...

– Amicale ?

– Bien entendu, car il ne doit surtout pas se douter que nous le suspectons. Je lui dirai que mon ami Edward se trouve aux portes de la mort et qu'il faudrait informer ses proches. J'ajouterai que ne connaissant aucun des membres de la famille Yardcombe, à part lui, je me trouve dans l'impossibilité de me charger des formalités. Et je le prierai en conséquence de venir en toute hâte au château pour s'en charger.

– Bravo ! s'exclama Dorina. C'est très habile ! Tout le monde sait que vous étiez à l'étranger avec le comte, et que par conséquent vous n'avez pas eu l'occasion de rencontrer de Yardcombe – à part Jarvis

– Et vous ! dit le comte

La jeune fille esquissa un sourire quelque peu amer.

– Oh, moi je ne compte pas pour Jarvis !

Le pasteur semblait soucieux.

– Méfiez-vous, monsieur Harringdon !

– Comment cela ?

– Évitez à tout prix de vous livrer à des voies de fait sur Jarvis. Par exemple, si, emporté par la colère, vous le blessiez, je suis sûr qu'il trouverait le moyen de retourner la situation en sa faveur

– Qui peut éprouver de la sympathie pour un assassin ? Si Mlle Stanfield n'avait pas connu l'antidote de la belladone, savez-vous de quoi nous serions en train de discuter en ce moment ? Des obsèques d'Edward !

Ce dernier fit la grimace.

– J'étais en si mauvais point ? Je n'aurais pas passé la journée si Dorina n'était pas venue me soigner ?

La fatigue semblait avoir eu raison de lui et c'était avec une infinie lenteur qu'il parlait maintenant.

Dorina lui reprit le pouls et constata qu'il était un peu faible.

– Je pense que nous devrions laisser notre malade dormir, dit-elle. Maintenant que nous avons décidé de la marche à suivre, il ne reste plus que les détails de l'opération à mettre au point.

Le comte allait protester, mais elle ne lui en laissa pas le temps.

– Je vous en prie, soyez raisonnable ! Vous avez reçu un grand choc, vous avez frôlé la mort... on ne se remet pas d'une pareille expérience en cinq minutes. Vous êtes hors de danger, je vous en donne ma parole, mais vous avez besoin de repos.

– Il faut dire que j'ai peine à garder les yeux ouverts, admit Edward.

Il adressa un sourire à Dorina.

– Très bien, jolie infirmière ! Je vous obéis cette fois... Mais ne vous imaginez pas que ce sera ainsi tout le temps !

Ils quittèrent tous la chambre et Harry demanda au valet du comte de veiller sur son maître. Un peu plus tard, ils se retrouvèrent confortablement installés dans la bibliothèque.

– Il faut désormais que nous nous arrangions pour qu'Edward ne soit plus jamais seul, dit Harry.

Dorina le regarda avec effroi.

– Vous... vous pensez que, même en étant sévèrement mis en garde, Jarvis risque de revenir à l'attaque ?

– C'est fort probable. À mon avis, votre cousin est fou. Il faudrait le mettre à l'asile... Mais tant qu'il est en liberté, il restera une menace, car il s'est mis dans la tête de devenir le huitième comte de Yardcombe.

– Et, selon vous, il est prêt à tout pour atteindre son but ? demanda Dorina.

– Oui.

– Vous croyez vraiment qu'il n'hésitera devant rien ? s'enquit à son tour le pasteur.

– J'en suis persuadé. Le poison n'a pas accompli son œuvre ? Il cherchera autre chose. Cela pourra être l'épée, le revolver, le gourdin... que sais-je ? Les moyens ne manquent pas lorsqu'on veut se débarrasser d'un homme.

Dorina crispa ses mains l'une contre l'autre avec tant de force que ses ongles pénétrèrent dans sa paume. Après avoir entendu Jarvis implorer le diable, elle le savait capable de tout.

– Que... que pouvons-nous faire ? balbutia-t-elle avec angoisse.

– Vous, mademoiselle Stanfield, vous ne pouvez que prier. Quant à moi, j'ai l'intention de m'arranger avec son valet pour que nous prenions tous les deux des tours de garde afin de ne jamais laisser Edward seul.

– Je pourrais le soigner, proposa Dorina. J'ai l'habitude de m'occuper des malades.

– C'est exact, dit le pasteur. Ma fille est une excellente infirmière. Il faut qu'elle continue de soigner le comte. Je me souviens que ma femme disait qu'il fallait se méfier des rechutes et qu'on n'était jamais sûr d'une guérison avant que vingt-quatre heures se soient écoulées.

– Très bien, fit Harry. Si vous acceptez de continuer à veiller sur la santé de votre cousin, j'en serais très heureux, mademoiselle.

Soudain, il hésita.

– Mais si vous devez passer la nuit ici, il faudrait que vous ayez un chaperon pour que votre réputation n'ait pas à en souffrir par la suite.

– Naturellement, dit le pasteur qui n'avait pas songé à cela une seconde. Mais est-il vraiment nécessaire que Dorina soit obligée de rester tout le temps au chevet de milord ?

Harry réfléchissait.

– Voyons... Je vais immédiatement écrire à Jarvis et j'enverrai mon valet lui porter ma lettre à Londres... Le temps qu'il aille là-bas, il sera trop tard pour que Jarvis entreprenne le voyage. Je l'imagine mal, en effet, faisant la route en pleine nuit ! Je pense donc que nous ne le verrons pas avant demain..

Il se tourna vers la jeune fille.

– Si vous n'estimez pas votre présence nécessaire auprès du malade, il me semble, mademoiselle Stanfield, que vous pourriez venir ce soir lui administrer vos potions avant de rentrer passer la nuit chez vous. Qu'en pensez-vous ?

– Cela me semble raisonnable, dit le vicaire.

– Tout à fait, renchérit Dorina.

Elle se leva.

– Je crois le moment venu de retourner au presbytère. Je veux cueillir d'autres plantes et en faire une infusion que j'apporterai à milord ce soir.

– Très bien, dit Harry. Je vous reconduis au village. Puis je viendrai garder Edward.

– Évitez de trop lui parler. Il faut qu'il se repose le plus possible.

Harry prit les mains de la jeune fille.

– Du fond du cœur, merci, mademoiselle Stanfield, pour tout ce que vous avez fait pour mon ami.

Sa voix s'altéra.

– Car Edward est presque un frère pour moi...

Dorina se sentit étrangement émue par ces mots. Si émue qu'elle ne trouva rien à répondre...

6

Dorina avait eu beaucoup de mal à s'endormir ce soir-là. Et pourtant elle se réveilla de très bonne heure...

Tout en se préparant, elle se demanda si Jarvis allait se manifester aujourd'hui. Et avec quelle nouvelle idée diabolique ? À l'instar de Harry, la jeune fille était maintenant convaincue que son cousin était devenu fou. Et tant qu'il serait en liberté, le comte se trouverait en danger...

En soupirant, elle descendit au jardin cueillir des plantes dont elle voulait préparer une décoction avant de se rendre au château, car il fallait éliminer les derniers restes de poison qui restaient peut-être encore dans l'organisme du comte.

Elle contempla les fioles qui s'alignaient sur plusieurs étagères en fronçant les sourcils.

« Je devrais également lui administrer un bon fortifiant... »

Dorina se souvenait que les enfants que sa mère traitait – parce qu'ils avaient avalé par mégarde des baies de belladone –, restaient très faibles pendant au moins une semaine et parfois davantage.

Elle alla arpenter les allées du jardin en cherchant la plante capable de rendre sa vigueur au comte.

– Je ne vois rien..., murmura-t-elle.

Soudain, elle se souvint qu'un ami de son père, un explorateur, lui avait expédié quelques mois auparavant un présent en provenance de la lointaine Chine. En plus d'une douzaine de graines de cactus d'une grande rareté, il avait joint à son envoi quelques racines d'une plante si recherchée qu'on réservait la plus grande partie de la production à l'empereur.

Cela s'appelle du ginseng, avait-il écrit. *Le ginseng possède des qualités miraculeuses. Ceux qui en consomment voient leurs forces et leur endurance multipliées. On dit même que cela fait rajeunir...*

Les Chinois vénèrent littéralement cette plante, et s'ils savaient qu'un mandarin chinois me l'a offerte, j'aurais de graves ennuis. Voici comment préparer le ginseng...

Le pasteur n'avait accordé qu'un intérêt moyen à cette racine séchée et l'avait rangée dans un tiroir avec la lettre de son ami. Il était autrement plus intéressé par les graines de cactus !

Dorina retrouva sans peine le ginseng et le prépara selon les instructions données par l'ami de son père. Puis elle servit à Rosabelle et à Peter leur petit déjeuner. Elle attendit qu'ils aient terminé leur dernière tasse de thé pour déclarer :

– J'ai une bonne surprise pour vous aujourd'hui.

– De quoi s'agit-il ?

– Dis-nous vite !

– Eh bien, voilà. Je ne serai peut-être pas là pour déjeuner...

– Ah ! Tu vas soigner la vieille Mme Burton ?

Sans juger utile de les détromper, Dorina poursuivit :

– Ne m'attendez donc pas pour vous mettre à table. Tout de suite après le repas, Hawkins vous enverra un garçon d'écurie avec deux chevaux. Vous pourrez faire une longue promenade !

Ses cadets se mirent à sauter de joie.

– Des chevaux !

– Une longue promenade !

– Écoutez-moi bien, reprit Dorina. Je veux que vous me promettiez de ne pas monter aux alentours du château. Mieux vaut éviter le parc.

– Pourquoi ? demanda Peter.

– Parce que Jarvis sera là aujourd'hui, et je suis sûre que vous n'avez aucune envie de le rencontrer.

– C'est bien vrai ! s'exclama Rosabelle.

Dorina redoutait tant de voir Jarvis s'approcher de sa jeune sœur que, la veille, elle s'était arrangée avec Harry pour qu'il fasse envoyer deux montures tranquilles au presbytère. Si Rosabelle et Peter allaient se promener dans la forêt ou à travers champs, il y avait bien peu de chances pour qu'ils y rencontrent leur démoniaque cousin !

Harry avait parfaitement compris son inquiétude.

– Je m'occupe de tout cela. Comptez sur moi ! Inutile de fatiguer Edward avec des détails de ce genre.

Lorsque la voiture envoyée par Harry vint prendre Dorina au presbytère à onze heures, comme convenu, elle était prête. Au fond de son petit panier se trouvait un flacon de l'élixir qu'elle venait de confectionner à partir des racines de ginseng.

Harry l'attendait dans le hall du château et l'emmena immédiatement dans la chambre du comte. Ce dernier était toujours au lit. Les joues creuses, le visage pâle, les yeux cernés, il avait piètre mine ! Pourtant il affirma se sentir mieux.

– Je vous apporte du ginseng, milord !

– Comment dites-vous ?

Il éclata de rire quand la jeune fille lui expliqua avec quoi était préparée la décoction.

– Je suis très honoré de pouvoir goûter un élixir réservé à l'usage exclusif de l'empereur de Chine !

Dorina lui tendit le verre.

– Buvez, milord.

Il fit mine d'hésiter.

– Je ne risque pas de m'empoisonner une seconde fois avec ce produit venu d'un si lointain pays ?

– Vous pouvez avoir une confiance absolue en l'ami de mon père.

– De toute manière, je serais bien mal inspiré de discuter avec vous, Dorina. Je vous dois une telle reconnaissance ! Ne m'avez-vous pas sauvé la vie grâce à vos décoctions de plantes ?

Il esquissa un sourire moqueur.

– Remarquez, ce n'était pas un régal ! Cela ne me plairait guère d'être obligé d'avaler tous les jours de pareils purgatifs...

Dorina ne riait pas.

– Je crains fort que Jarvis ne soit en train de vous préparer quelque chose de pire !

– Je doute qu'il ait de nouveau recours au poison, dit Harry. Mais je dois reconnaître qu'il avait habilement préparé son affaire ! Si Edward était mort, personne n'aurait songé à l'accuser.

– D'autant plus que je n'ai commencé à me sentir mal que plusieurs heures après son départ, remarqua le comte.

– Certains poisons font leur effet immédiatement, d'autres plus tard, murmura Dorina.

Elle ne put s'empêcher de frissonner. Si Jarvis avait employé un autre produit que la belladone, elle n'aurait peut-être pas été en mesure d'en trouver l'antidote.

Comme s'il avait deviné ses pensées, le comte déclara d'un ton sarcastique :

– Pauvre Jarvis ! Il n'a pas eu de chance ! Il ne pouvait pas imaginer que vous saviez soigner par les plantes... Une vraie petite sorcière !

– Une vraie sorcière, oui... fit-elle en écho. Et pourquoi pas, milord ?

– Oh ! ce n'est pas moi qui vais m'en plaindre ! répondit-il en souriant.

Dorina se dit que ce ne serait certainement pas une femme comme lady Maureen Wilson qui aurait été capable de soigner le comte !

Elle regarda autour d'elle.

– On se sent beaucoup mieux ici depuis que mon père a chassé les démons.

– Mais le plus démoniaque est en route ! s'exclama Harry. J'ai nommé Jarvis Yardcombe... Mieux vaut nous préparer à tout !

Il sortit un pistolet de sa poche et le tendit à son ami.

– Attention, il est chargé. Cachez-le sous vos couvertures de manière à pouvoir vous en emparer très vite, le cas échéant.

Le comte s'exécuta sans beaucoup de conviction.

– Vous dramatisez un peu, Harry. J'imagine mal Jarvis venant m'abattre d'un coup de revolver comme un chien enragé. Il serait immédiatement arrêté pour meurtre !

– Alors... que va-t-il faire ? demanda Dorina avec anxiété.

Harry ouvrit les mains dans un geste impuissant.

– Qui sait ? Attendons... et nous verrons ! À propos, Edward, vous devriez envoyer votre valet dans le hall pour accueillir Jarvis et lui annoncer que vous allez mieux.

– Que je vais mieux ? Mais pourquoi ?

– Pour le pousser à agir plus vite. Il commettra peut-être une imprudence. Et c'est ce dont nous avons besoin si nous voulons le prendre sur le fait.

– Vous avez raison !

– Je vais donner mes instructions à votre valet.

Après le départ de Harry, Dorina s'approcha du lit du comte.

– Je vous ai apporté quelque chose que… que j'aimerais vous voir porter, bredouilla-t-elle en rougissant.

– Quoi donc ?

La jeune fille lui tendit une petite croix d'ivoire fixée au bout d'une chaîne d'or.

– Ceci appartenait à ma mère. Ne riez pas, je vous en prie ! J'ai l'intuition que cette croix vous protégera.

– Je ne ris pas, Dorina. Au contraire, je suis touché que vous ayez eu cette pensée.

Leurs yeux se rencontrèrent et la jeune fille sentit les battements de son cœur s'accélérer. Très troublée, elle se détourna.

– Dorina ?

– Oui ? fit-elle dans un souffle.

– M'avez-vous enfin pardonné ? Je voudrais tant que vous ne me haïssiez plus…

La rougeur de la jeune fille s'accentua encore, mais elle ne répondit pas.

– Je vous dois énormément, reprit Edward. Si je survis, j'essaierai de réparer tout le mal que j'ai fait sans le vouloir vraiment.

– *Si je survis…* répéta Dorina avec horreur. Je vous en prie, milord, ne parlez pas ainsi ! De toute manière, vous êtes déjà presque remis. Quant au domaine… les choses vont dans le bon sens.

– Je veux qu'il redevienne exactement comme du temps de mon cousin.

– Ce serait merveilleux ! s'exclama Dorina avec ferveur.

Harry les rejoignit sur ces entrefaites.

– Un phaéton est en train de remonter l'allée. Je parie que c'est votre cousin Jarvis. Tout prêt à danser de joie devant votre cadavre !

– Il va être joliment déçu.

Dorina joignit les mains.

– Soyez prudent, je vous en conjure !

Le comte s'assit au milieu de son lit, s'adossa aux oreillers et croisa les bras. Dorina pensa qu'il avait beaucoup d'allure sous le baldaquin tendu de rideaux en soie rouge que surmontait l'imposant blason des Yardcombe.

Il portait une chemise de nuit en fine batiste blanche dont le col orné de dentelles et de volants aurait pu passer pour une cravate. De plus, sa robe de chambre en satin d'un bleu très foncé ressemblait à une redingote, si bien qu'au premier regard, on aurait pu croire qu'il était tout habillé.

Harry s'assit près de la fenêtre ouverte tandis que Dorina prenait place sur une chaise au bout du lit. Elle s'efforçait de prendre un air dégagé, mais comme elle se sentait tendue ! Et elle devinait que le comte et Harry étaient tout aussi appréhensifs qu'elle.

La jeune fille était en train de prier quand la porte s'ouvrit brusquement. Jarvis fit irruption dans la pièce.

– Mon cher Edward ! J'ai appris hier soir que vous étiez au plus mal... Si j'en avais eu la possibilité, j'aurais voyagé de nuit, mais vous savez comme moi que ce n'est guère prudent.

Il porta la main sur son cœur dans un geste théâtral.

– Votre valet vient de me dire que vous allez mieux. J'en suis si heureux !

– Je suis presque remis, dit le comte. C'est très gentil à vous d'avoir pris la route de Yardcombe, Jarvis.

– Comment aurais-je pu rester à Londres en vous sachant souffrant ?

Jarvis salua Harry qui s'était levé à son entrée.

– Merci de m'avoir prévenu, Harringdon.

– C'était la moindre des choses !

Le regard de Jarvis se posa ensuite sur Dorina.

– Tiens, la fille du pasteur ! jeta-t-il avec dédain. Que faites-vous ici, vous ?

Il ricana.

– Je parie que vous dites des prières !

Il ne s'était pas trompé,mais Dorina n'allait certainement pas le reconnaître !

– En l'absence du médecin, Dorina a eu la bonté de me soigner, dit le comte. Elle connaît bien les plantes et c'est d'ailleurs à elle que je dois cette guérison presque miraculeuse.

– Magnifique ! s'exclama Jarvis. Magnifique... Pour fêter votre rétablissement, nous allons boire du champagne. J'ai demandé à votre valet de nous en monter une bouteille. Car je veux boire à votre santé, mon cher Edward !

– Vous êtes trop bon...

Dorina était stupéfaite. Du champagne ! Jarvis avait-il l'intention de recourir une nouvelle fois au poison pour se débarrasser de son cousin ?

Le valet du comte arriva à ce moment-là avec un plateau d'argent sur lequel il avait disposé quatre coupes en cristal et deux bouteilles de champagne – dont aucune n'avait été débouchée.

– M. Jarvis m'a prié de monter du champagne pour célébrer votre guérison, milord, dit-il. Mais comme nous avons à la cave deux marques différentes de champagne, j'ai pensé que milord aimerait choisir...

Le comte haussa les épaules.

– Bah ! l'une ou l'autre. Avez-vous une préférence, Harry ?

– Non, pas vraiment.

Le valet ouvrit l'une des bouteilles et remplit les quatres coupes. Après en avoir apporté une à Dorina, la seconde au comte, la troisième à Harry et la dernière à Jarvis, il quitta la pièce.

Jarvis leva son verre.

– À vous, Edward !

– Merci. Je pense que...

Le comte s'interrompit en voyant un énorme oiseau noir faire le tour de la pièce en battant ses lourdes ailes.

– Seigneur ! s'exclama-t-il avec horreur, tout en suivant les évolutions de cet horrible animal qui semblait tout droit sorti de l'enfer.

Dorina se mit à trembler de tous ses membres. D'où venait cet oiseau effrayant ? On aurait cru qu'il avait surgi de sous le manteau de voyage que Jarvis venait de lancer négligemment sur un fauteuil.

Affolée, la jeune fille courut se réfugier près du lit du comte. Mais l'oiseau tournoyait maintenant sous le baldaquin... Le comte posa sa coupe de champagne sur la table de nuit.

– Chassez-le, Harry ! ordonna-t-il. Faites-le partir par la fenêtre.

Harry se mit à poursuivre le monstrueux animal en battant des mains et en poussant des cris. Mais toute cette agitation ne semblait guère affoler le sinistre oiseau noir.

Tout le monde, comme hypnotisé, suivait ses évolutions avec angoisse. Dorina comme les autres... jusqu'à ce que, soudain en alerte, elle se tourne vers Jarvis. Celui-ci avait profité de la panique générale pour s'approcher de la table de nuit du comte. Dans un mouvement vif comme l'éclair, il laissa tomber un peu de poudre blanche dans le verre de ce dernier.

Si Dorina avait continué à regarder l'oiseau, elle n'aurait rien remarqué. Son intuition l'avait avertie juste à temps !

Jarvis s'éloigna et aida Harry à chasser l'oiseau qui sortit enfin par la fenêtre et poursuivit son vol lourd droit vers la forêt.

Dorina en profita pour échanger sa propre coupe contre celle du comte – c'est-à-dire contre celle que Jarvis avait empoisonnée. D'un air dégagé, elle alla la poser sur le plateau où Jarvis avait laissé la sienne au moment où il s'était lancé à la poursuite de l'oiseau.

Une nouvelle fois, la jeune fille procéda à l'échange et se retrouva avec la coupe de Jarvis en main. Tout s'était passé si vite qu'elle n'avait pas pris le temps de réfléchir – seulement celui d'agir.

Jarvis ferma la fenêtre.

– Incroyable ! Jamais je n'ai vu un oiseau de cette taille...

– Moi non plus, dit Harry.

– En général, ils évitent les maisons. Or celui-ci ne voulait pas sortir de la chambre... Bizarre ! Pourvu que cela ne soit pas un mauvais présage !

Harry pinça les lèvres.

– J'espère que non.

Jarvis s'empara de la coupe qui restait sur le plateau d'argent et la leva.

– À vous, Edward ! À votre rétablissement !

Et d'un trait, il avala son champagne. Il s'aperçut alors qu'il avait été le seul à boire...

– J'ai porté un toast à votre santé, Edward ! fit-il d'un ton plein de reproche. Vous pourriez au moins vider votre coupe !

Soudain, il porta la main à sa bouche, puis à sa gorge, tandis qu'une lueur inquiète passait dans ses yeux.

– Pourquoi ne dites-vous rien ? cria-t-il.

Comme Dorina se trouvait le plus près de lui, il la saisit brutalement par le bras.

– Pourquoi me regardez-vous ainsi ?

Elle tenta de se dégager mais il la secoua sans douceur.

– C'est vous ! accusa-t-il. Oui, c'est vous, Dorina, qui m'ennuyez avec vos prières ! Je le sens ! Vous êtes mon ennemie !

Ses yeux étaient devenus fous.

– Maître du monde, j'ai juré de t'offrir un sacrifice... Le moment est venu !

D'un geste vif, il tira de sa poche un petit poignard à la lame très mince et très pointue – un stylet. Paralysée d'horreur, Dorina contempla l'acier qui étincelait dans un rayon de soleil.

– Tu vas mourir ! hurla Jarvis. Je t'offre en sacrifice à Satan et à tous ses démons pour... pour obtenir enfin ce... ce que je désire...

Ces derniers mots sortirent de ses lèvres dans un gargouillis presque incompréhensible. L'effet du poison devait être très rapide, car il était presque inconscient lorsqu'il leva son poignet.

Le comte réussit à se jeter sur lui pour dévier la trajectoire de l'arme. Mais le bras de Jarvis n'avait déjà plus de force et au lieu de transpercer le cœur de la jeune fille, il ne réussit qu'à déchirer sa robe et à lui égratigner l'épaule. Puis le stylet lui échappa des mains et il s'écroula sur le tapis, à côté de Dorina qui s'était évanouie.

Lorsque la jeune fille reprit ses sens, elle s'aperçut qu'elle était étendue sur le lit du comte. Ce dernier lui tendit une coupe de champagne.

– Buvez...

Elle avala une gorgée du liquide pétillant en regardant autour d'elle avec effroi. Jarvis avait disparu et elle se demanda si elle n'avait pas rêvé tout ce qui venait de se produire.

– Jar... Jarvis ? balbutia-t-elle.

Ses yeux tombèrent sur sa robe déchirée et elle comprit alors qu'elle n'avait pas été le jouet de son imagination.

– Jarvis est mort, déclara le comte. Encore une fois, vous m'avez sauvé la vie, Dorina !

– Il... il avait mis du... du poison dans votre verre.

– J'ai compris ce qui s'était passé quand je vous ai vue procéder à l'échange des coupes. Vous avez été aussi habile que courageuse.

– Où... où est Jarvis ? insista-t-elle.

– Harry a transporté son corps dans une chambre voisine. On a envoyé chercher le médecin de la ville voisine, et avec un peu de chance, j'espère que ce dernier en viendra aux mêmes conclusions que moi.

– C'est-à-dire ?

– Jarvis a succombé à une crise cardiaque. Il n'aurait pas dû effectuer le trajet Londres-Little Sodbury à si vive allure... ni boire tant de champagne pour se rafraîchir à son arrivée.

Dorina frémit.

– J'ai... j'ai eu si peur !

– Vous avez reçu un tel choc !

– J'ai... j'ai vraiment cru qu'il allait me tuer.

– Il était fou. Mais vous n'avez plus rien à craindre : il est mort. Dieu lui pardonne.

Dorina passa une main égarée sur ses cheveux défaits.

– Vous savez, je... j'avais surtout peur pour Rosabelle. Pas une seconde je... je n'ai pensé que... que je pouvais être moi aussi en danger...

Avec naïveté, elle ajouta :

– Je... je me croyais trop âgée pour être offerte en sacrifice au cours d'une messe noire !

Le comte sourit.

– Vous êtes si vieille, Dorina !

– Dix-huit ans déjà.

Il éclata de rire.

– Quel grand âge !

– Jarvis...

– Je vous en prie, ne pensez plus à lui. Tout est terminé. Nous n'avons plus rien à redouter...

Il regarda la jeune fille avec admiration.

– Vous avez été étonnante ! Jamais je ne pourrai vous remercier assez... Mais maintenant il faut que vous retourniez au presbytère. Vous ne devez pas vous trouver ici au moment de l'arrivée du médecin. Laissez-moi m'occuper de toutes les formalités avec Harry.

Ce dernier, qui venait de les rejoindre, hocha la tête .

– Vous avez raison, Edward. Je vais ramener Mlle Stanfield chez elle. Quant à vous, je vous conseille de vous reposer jusqu'à l'arrivée du médecin. Car il faudra alors que vous soyez en mesure de lui expliquer les faits d'une manière convaincante !

– J'en serai capable ! assura le comte.

Harry aida Dorina à se lever.

– Pouvez-vous marcher ? demanda-t-il avec inquiétude. Sinon je vous porterai...

La jeune fille fit quelques pas sur des jambes qui la portaient à peine et assura :

– Oh, oui, je peux marcher !

Elle n'allait pas faire preuve de faiblesse devant le comte !

– Tâchez de vous reposer, milord, dit-elle avec un sourire forcé. Vous n'avez désormais plus rien à craindre.

– Je le suppose... Mais j'avoue que si vous n'aviez pas été tous les deux témoins de ce qui vient de se passer, je penserais qu'il s'agit d'un cauchemar.

– Moi aussi, murmura Dorina.

– Et moi également ! renchérit Harry.

Il prit la jeune fille par le bras et l'emmena jusqu'à son phaéton. Pendant le court trajet qui séparait le château du presbytère, Dorina se dit qu'elle ne parviendrait jamais à faire croire à son père tout ce qu'elle venait de vivre : le champagne empoisonné, le grand oiseau noir, Jarvis Yardcombe la menaçant de la lame effilée d'un poignard...

Une fois arrivé devant le presbytère, Harry laissa les rênes à son valet.

– Attendez-moi ici, ordonna-t-il à ce dernier.

Tout en accompagnant Dorina à l'intérieur, il déclara :

– Montez tout de suite dans votre chambre et mettez-vous au lit. Vous aussi avez besoin de repos après de telles émotions ! Je vais aller trouver votre père et je lui raconterai ce qui s'est passé au château. Il faut aussi que j'organise avec lui les obsèques de Jarvis...

– Nanny va trouver étrange que... que j'aille me coucher en plein jour !

– Je lui dirai que vous avez été bouleversée en voyant votre cousin mourir sous vos yeux.

À peine la jeune fille s'était-elle mise au lit que Nanny arriva dans sa chambre avec un verre de lait chaud.

– Pauvre mademoiselle Dorina ! Quel terrible choc ! (La femme de charge secoua la tête.) Ah ! il s'en passe des choses dans notre tranquille petit village en ce moment ! De ma vie, je n'ai jamais vu autant d'animation à Little Sodbury ! Qui l'aurait cru ? Tenez, avalez cela !

– Merci, Nanny.

À petites gorgées, Dorina but le lait chaud.

Oui, elle avait reçu un choc qui l'avait ébranlée... Mais tout était fini maintenant, – et pour le mieux. Le comte était hors de danger, Jarvis mis hors d'état de nuire pour toujours, et il ne serait plus jamais question de magie noire ni de sacrifices humains à Yardcombe.

« Mais si je m'avisais de raconter l'incroyable histoire que j'ai vécue, nul ne voudrait y ajouter foi ! » se dit la jeune fille.

Elle dormait déjà à moitié quand Nanny lui prit le verre des mains et sortit sur la pointe des pieds. Avant de sombrer dans un profond sommeil, Dorina se demanda d'où était sorti le grand oiseau noir. Soudain, elle n'était pas sûre qu'il eût été réel.

« Et s'il s'agissait d'un effet de notre imagination ? » se dit-elle.

Jarvis avait très bien pu les hypnotiser et leur faire voir ce qu'il leur suggérait...

Ce fut seulement en fin de journée que Nanny s'aperçut que l'épaule de Dorina portait une longue estafilade qui était déjà en train de s'infecter.

– Ce n'est pas bon, cela, mademoiselle. Que vous êtes-vous fait ?

– Euh... je me suis égratignée...

– Avec quoi ?

– Euh... une épine.

– Je vais nettoyer cela avec de l'eau bouillie. Puis il faudra mettre un peu de désinfectant. Parmi toutes vos fioles, vous me direz laquelle choisir.

Malgré les soins de Nanny, l'épaule de la jeune fille lui fit mal toute la nuit. Le lendemain, comme elle se sentait beaucoup mieux, elle voulut se lever mais la femme de charge le lui interdit.

– Non, mademoiselle Dorina ! Vous resterez couchée – et pas de discussion, s'il vous plaît !

– Je ne peux pas vous laisser faire tout le travail. C'est beaucoup trop lourd pour vous seule ! À votre âge, il ne faut pas que vous vous fatiguiez, et...

Nanny éclata de rire.

– Ne vous inquiétez pas, mademoiselle Dorina ! J'ai deux aides depuis ce matin.

Dorina ouvrit de grands yeux.

– Quoi ?

– M. le comte a envoyé Mme Meadows hier après-midi pour prendre de vos nouvelles. Elle nous a apporté des montagnes de provisions et a dit que M. le comte ne voulait plus que vous vous chargiez des tâches domestiques et que, par conséquent, il fallait me trouver des aides.

– Et... et...

– Et alors Mme Meadows m'a envoyé hier soir une femme très gentille et très expérimentée. Songez, elle a travaillé au château pendant plus de dix ans ! Ce n'est pas tout ! Devinez un peu qui est venu frapper ce matin à la porte de la cuisine ? Devinez qui va désormais travailler avec moi au presbytère ?

– Je n'en ai aucune idée.

– La petite Mary Bell !

– Mary Bell ? Comme je suis contente !

– Mme Meadows se rendait compte qu'elle ne se sentait plus à l'aise au château après l'histoire qui lui était arrivée.

Dorina fronça les sourcils.

– Deux servantes ! Nous ne pouvons pas nous permettre de telles dépenses !

– Bien sûr que si ! s'exclama Nanny. Ne vous inquiétez pas, mademoiselle Dorina, votre père n'est plus à court d'argent ! À condition qu'il ne distribue pas tout ce qu'il possède, jusqu'au dernier penny, à ceux qui viendront pleurer misère à sa porte.

Dorina sourit.

– Avez-vous déjà vu mon père refuser d'aider un malheureux ?

– Il serait capable de donner sa chemise ! C'est pourquoi je trouve très bien que M. le comte lui paie une partie de son traitement en bonne nourriture. Au moins nous ne risquerons plus jamais de mourir de faim !

Dorina n'était pas sûre que ce soit une si bonne idée, cependant elle ne se sentait pas le courage de discuter et ferma les yeux.

– Dormez, mademoiselle Dorina ! fit Nanny à mi-voix avant de quitter la pièce sans faire de bruit. Dormez !

En fin d'après-midi, l'épaule de la jeune fille était presque guérie. Nanny tint cependant à la désinfecter de nouveau. Puis elle apporta à Dorina un plateau sur lequel elle avait disposé deux belles tranches de rôti accompagnées de purée et de haricots verts. Une compote de pommes et un verre de bordeaux accompagnaient ce repas appétissant.

– Voilà ! Un petit dîner de malade ! déclara la femme de charge en déposant le plateau sur les genoux de la jeune fille.

Cette dernière était en train de faire honneur à son repas quand Rosabelle et Peter vinrent lui rendre une petite visite.

Ils s'assirent au bout du lit pour lui raconter leur journée.

– Sais-tu que nous sommes de nouveau montés à cheval aujourd'hui ?

– Comme hier, un garçon d'écurie nous a amené deux juments très gentilles pour que nous fassions une grande promenade.

– Quel dommage que tu n'aies pas pu venir avec nous, Dorina ! s'exclama Rosabelle.

– Dépêche-toi de guérir pour nous accompagner, renchérit Peter.

– Je suis sûre que le comte te prêtera un cheval à toi aussi. Il en a tant !

Dorina tenta de tempérer l'enthousiasme de ses cadets.

– Je ne veux pas m'imposer...

– Pfff ! lança Rosabelle en haussant les épaules. C'est dans la Bible, je crois, qu'on dit qu'il vaut mieux donner que recevoir. Le comte aime donner ? Tant mieux, profitons-en. Nous serions bien bêtes de refuser de monter ses chevaux et de faire la grimace devant les délicieux pâtés et les succulents jambons qu'il nous fait porter !

Dorina ne put s'empêcher de rire.

– Peut-être as-tu raison...

Rosabelle l'embrassa.

– Et puis, ne t'inquiète pas : nous sommes très sages depuis que tu es malade. Je vais suivre mes cours chez Mlle Soames sans histoires et je fais mes devoirs de mon mieux. Même si je les trouve horriblement ennuyeux !

Après le départ de Rosabelle et de Peter, ce fut au tour du pasteur de rendre une petite visite à sa fille. Et elle put enfin apprendre ce qui s'était passé au château après son départ...

Le médecin n'avait fait aucune difficulté pour signer le certificat de décès. Ses conclusions avaient été celles prévues par le comte : Jarvis Yardcombe avait succombé à une attaque cardiaque...

– Oh ! les choses ont été menées rondement ! s'exclama le pasteur. Le cercueil se trouve déjà dans l'église et les obsèques auront lieu demain. Une cérémonie très simple... Les quelques membres de la famille que le comte a prévenus ont répondu qu'ils n'avaient pas l'intention de se déplacer pour assister à l'enterrement de Jarvis Yardcombe.

– Personne ne viendra ?

– Personne. À vrai dire, cela ne m'étonne guère... Qui aimait cet homme ?

– Comment va le comte ?

– Il se porte comme un charme. Il m'a dit que c'était grâce à tes préparations...

Le pasteur pinça les lèvres d'un air désapprobateur avant d'ajouter :

– ... de sorcière. Il paraît que tu lui as fait ingurgiter une décoction à base d'herbes chinoises !

Il pouffa.

– Je me demande bien où tu as pu trouver des herbes chinoises !

– Il s'agit de ginseng, père. Votre ami l'explorateur vous l'avait envoyé de Chine.

– Ah ! Avec des graines de cactus ? De très beaux spécimens. Depuis que tu es venue les voir, ils ont au moins doublé de taille. J'avoue que j'avais complètement oublié le ginseng...

– Mais pas les graines de cactus ?

Le pasteur esquissa un sourire.

– Tu te moques de moi, ma chérie !

– Non, non, père... J'espère être sur pied demain pour pouvoir admirer vos cactus chinois.

Après le départ de son père, la jeune fille s'étendit et contempla le plafond d'un air morne. Elle se sentait soudain très triste...

Ces derniers jours avaient été fertiles en événements, mais, désormais, plus rien ne se passerait et il lui faudrait reprendre à Little Sodbury l'existence plutôt routinière qui avait été la sienne jusqu'à présent. Et cette perspective lui semblait terriblement déprimante...

Le comte n'aurait plus jamais besoin de faire appel à elle. Il était en train de reprendre le domaine en main, ses amis londoniens lui rendraient probablement de fréquentes visites, il ferait bientôt la connaissance des châtelains voisins et l'on donnerait de grandes fêtes à Yardcombe – des fêtes où nul ne songerait jamais à l'inviter, elle ne se faisait aucune illusion.

« J'ai tort de me plaindre, songea-t-elle. Mon père reçoit maintenant un traitement plus que décent et nous allons vivre sans avoir besoin de nous priver. »

Malgré tout, elle se sentait presque au bord des larmes. Que n'aurait-elle donné pour pouvoir encore aider le comte ! Pour pouvoir... être avec lui, tout simplement.

Hélas ! les instants exceptionnels qu'elle avait vécus à ses côtés ne se reproduiraient plus jamais. Il ne lui restait plus qu'à vivre avec ses souvenirs. À cette pensée, une larme perla au bord de ses longs cils, glissa sur sa joue.

7

Le soleil pénétrait à flots dans la chambre du comte lorsqu'il s'éveilla. Il s'étira avec satisfaction.

« Je me suis rarement senti aussi bien de ma vie ! » songea-t-il.

Il fit la grimace.

« Une seule ombre au tableau... Il va falloir que j'assiste aux obsèques de Jarvis à dix heures ! »

Après s'être habillé, il descendit prendre son petit déjeuner.

– Bonjour, Edward ! lui dit Harry qui se trouvait déjà dans la salle à manger. Inutile de vous demander si vous allez bien... Vous avez l'air en pleine forme !

– Je me sens revivre !

– Quel temps magnifique ! Jarvis aura droit au soleil pour son dernier voyage...

– Ne me parlez pas de Jarvis ! s'exclama le comte. Quand je pense qu'un individu aussi immonde va reposer en terre chrétienne ! Quelle hypocrisie !

Harry soupira.

– Je suis bien de votre avis. Mais l'important n'était-il pas d'éviter que le scandale éclabousse votre famille ?

– En effet...

– Et vous pouvez remercier Dorina !

– J'ai peine à croire qu'une jeune fille élevée dans un village comme Little Sodbury soit capable de faire preuve d'une telle présence d'esprit !

– Si elle n'avait pas connu l'antidote au poison...

– Je ne serais plus de ce monde ! coupa le comte. Mais ce n'est pas tout ! Où a-t-elle puisé le courage d'affronter un être aussi malfaisant que Jarvis ? C'est qu'elle m'a sauvé deux fois la vie !

Tout en se versant une tasse de café, Harry déclara :

– Justice a été faite. L'on peut même dire que Jarvis a été l'instrument de sa propre mort !

Après avoir pris leur petit déjeuner, les deux hommes se rendirent en calèche jusqu'à l'église où les attendait le pasteur.

Celui-ci savait que Jarvis avait tenté d'empoisonner le comte à deux reprises et de poignarder sa propre fille... Cela ne l'empêcha pas de prier pour le défunt avec peut-être encore plus de ferveur que si celui-ci avait mené la plus sainte des existences.

Pendant la cérémonie, Edward eut le temps de noter que l'église avait besoin de réparations.

« Il faudra que je m'occupe de cela », songea-t-il.

Il se promit également de ne plus jamais manquer d'assister à l'office dominical. Cela ferait plaisir au pasteur... et à Dorina !

Après la cérémonie, le comte et Harry se rendirent au cimetière. Estimant que Jarvis n'avait pas sa place dans le caveau familial des Yardcombe, le pasteur avait fait creuser une tombe un peu à l'écart de toutes les autres.

Le comte attendit que les fossoyeurs fassent descendre le cercueil de son cousin à l'aide de cordes pour jeter dessus une poignée de terre. Harry l'imita et tous deux se signèrent. Puis, après avoir remercié le pasteur, ils regagnèrent le château.

– Je monte me changer, dit Harry. J'ai bien envie de faire une petite promenade à cheval... Pourquoi ne viendriez-vous pas avec moi, Edward ?

– Cela me tente, mais...

Un peu d'exercice ne peut que vous faire du bien ; rien de trop brusque cependant, je sais que vous êtes encore convalescent !

– Oh, je ne suis nullement fatigué ! Cette plante chinoise que m'a fait prendre Dorina possède des vertus étonnantes. Il faudra que je la remercie... Jamais je ne me suis senti l'esprit aussi clair. J'ai envie d'entreprendre mille choses à la fois !

Harry leva les bras au ciel.

– Vous me faites peur ! s'exclama-t-il en riant. Ménagez-vous, s'il vous plaît !

– Je vais tout de suite demander qu'on nous amène des chevaux.

Dix minutes plus tard, les deux amis partirent au petit trot vers le parc. Ils firent le tour du lac et le comte arrêta sa monture pour admirer le château qui se détachait sur un écrin de verdure.

– C'est magnifique ! murmura-t-il.

– Absolument magnifique, renchérit Harry.

Ils ne tardèrent pas à prendre le chemin du retour car Harry craignait que son ami ne se fatigue. D'ailleurs l'heure du déjeuner approchait...

Avant de passer à table, ils se rendirent dans la bibliothèque pour feuilleter les journaux du matin. Le comte venait à peine d'ouvrir le *Morning Post* quand la porte s'ouvrit.

– Lady Maureen Wilson et sir Roger Chatham, milord, annonça Burrows.

Le majordome s'effaça pour laisser entrer lady Maureen, plus jolie, plus élégante que jamais dans son ensemble de voyage en soie écarlate. Des plumes d'autruche teintes en rouge ornaient son chapeau et elle portait un splendide collier de rubis.

Elle marqua une pause sur le seuil, le temps de joindre les mains dans un geste théâtral.

– Edward !

Et elle se précipita vers le comte, les bras tendus.

– Comment avez-vous pu me négliger ainsi, mon cher Edward ?

Le comte s'inclina et lui baisa la main.

– Quelle surprise, Maureen !

– Vous savez bien que je ne peux pas vivre sans vous ! Je vous ai attendu pendant une éternité à Londres... et comme vous n'êtes pas venu, je me suis décidée à prendre la route de Little Sodbury.

– J'étais loin de m'attendre à votre visite, Maureen, déclara le comte d'un ton froid. Je m'attendais encore moins, d'ailleurs, à celle du monsieur qui vous accompagne.

– Roger a eu la gentillesse de m'amener dans son nouveau phaéton, déclara lady Maureen. Il est convaincu d'avoir battu un record ! Sa voiture est si rapide, si légère... Et il possède un attelage de quatre splendides pur-sang qui vont vous faire envie, j'en suis persuadée !

Sir Roger Chatham, qui se tenait derrière la jeune femme, avança de quelques pas.

– Très heureux de vous revoir, Yardcombe.

Ignorant délibérément cette main tendue, le comte déclara d'un ton dur :

– Lors de votre premier séjour au château, Chatham, j'ai appris que vous aviez abusé de mon hospitalité. Dans ces conditions, je ne peux que vous demander de quitter immédiatement les lieux.

Sir Roger le regarda avec stupeur. Mais il n'eut pas le temps d'ouvrir la bouche.

– Quoi ? s'écria lady Maureen. Que racontez-vous là, Edward ?

– Je suis sûr que Chatham sait de quoi je parle. Il est des façons de se conduire que ne devrait jamais se permettre un gentilhomme.

D'une voix cinglante comme un coup de fouet, le comte ajouta :

– Votre comportement a été inexcusable, Chatham.

Sir Roger était devenu très rouge.

– Je ne comprends pas... marmonna-t-il. Diable, si vous vous mettez maintenant à parler par énigmes, Yardcombe... Que voulez-vous dire exactement ? J'aurais eu un comportement inexcusable ? Moi ? Mais vous avez perdu la tête, ma parole !

Cependant il n'osait pas regarder le comte droit dans les yeux. Et ce dernier sut qu'il ne s'était pas trompé en accusant cet homme : c'était bien lui qui avait agressé la jeune Mary Bell.

Dans ces conditions, il n'était même pas question de l'inviter à déjeuner.

– Je suis sûr que vous ne tenez pas à ce que j'entre dans les détails, Chatham, reprit Edward. Je vous suggère donc de partir immédiatement.

– Quoi ? Vous... vous osez me mettre à la porte ? Vous osez me...

Le comte lui coupa la parole.

– Vous pouvez soit emmener lady Maureen maintenant, soit venir la chercher après déjeuner.

Cette dernière bondit :

– Ai-je bien entendu ? Ah ! je me demande si je ne rêve pas... Edward, comment pouvez-vous traiter l'un de mes amis de cette manière ?

Elle était furieuse, mais quand elle vit l'expression du comte, sa colère tomba aussi vite qu'elle était montée. S'accrochant à son bras, elle se lova contre lui.

– Eh bien, je ne m'attendais pas à un pareil accueil, mon cher Edward. Si Roger vous a offensé sans le vouloir, je suis sûre qu'il va vous présenter des excuses et que nous allons tous pouvoir passer un bon moment ensemble comme je l'espérais.

– Il n'y a aucune raison pour que je présente des excuses ! fit sir Roger d'un ton agressif.

Il haussa les épaules.

– Ce n'est pas ma faute si Yardcombe a cru les mensonges qu'on a pu lui raconter à mon sujet. De toute manière, ma conscience ne me fait aucun reproche.

– Pas possible ? lança le comte avec hauteur. Quoi qu'il en soit, je ne retire rien de ce que j'ai dit. Et je vous prierai de ne plus jamais mettre les pieds dans cette demeure.

Sir Roger Chatham se mit à jurer.

– Qu'est-ce que cela signifie ? Si vous croyez que je vais me laisser insulter ainsi ! Et cela, sous prétexte que j'ai commis je ne sais quel crime...

Il regarda le comte d'un air sournois.

– Un crime au sujet duquel vous seriez bien en peine de donner le moindre détail, pour la bonne raison qu'il n'existe pas !

– Voulez-vous que j'appelle des témoins ? Il n'en manque point ! Je sais que plusieurs serviteurs seraient en mesure de donner des précisions quant à la manière dont vous traitez les jeunes filles.

Sir Roger pâlit. S'il avait pu jusqu'à présent s'imaginer que le comte parlait en l'air, il ne pouvait plus désormais avoir le moindre doute. Cependant il persista à nier...

– Si c'est pour m'entendre accuser de méfaits que je n'ai pas commis, je n'ai aucune intention de m'attarder davantage dans cette maison. Je vous prenais pour un homme du monde, Yardcombe, mais je m'aperçois que vous n'êtes qu'un militaire aux idées aussi pudibondes qu'étriquées. (Il eut un ricanement.) J'imagine que vous devez vous sentir plus à l'aise dans une caserne que dans les élégants salons qui sont mon cadre de vie habituel.

Le comte ne répondit pas. Il se contenta de fixer sir Roger Chatham d'un air plein de mépris. Pendant quelques instants, les deux hommes demeurèrent face à face, s'affrontant du regard. Sir Roger fut le premier à baisser les yeux. En jurant copieusement, il pivota sur lui-même et se dirigea vers la porte.

– Je repars immédiatement pour Londres. Maureen, je vous attends dans mon phaéton... Mais si vous n'êtes pas là dans dix minutes, je partirai sans vous.

Sur ces mots, il sortit. Discrètement, Harry s'éclipsa à son tour pour laisser le comte seul avec lady Maureen.

– Seigneur ! s'exclama cette dernière avec stupeur. Mais que signifie tout ceci ? J'ai l'impression de vivre un cauchemar... Mon cher Edward, moi qui avais tellement hâte de vous revoir ! Comment pouvez-vous me traiter si mal ? Vous êtes cruel, vous êtes un sans-cœur, vous...

– Je suis navré, Maureen, mais je ne veux pas recevoir d'individus comme ce Chatham à Yardcombe.

– Il a été si gentil avec moi !

– Si vous le trouvez si gentil que cela, retournez donc à Londres avec lui.

Lady Maureen se haussa sur la pointe des pieds et tendit ses lèvres au comte.

– Je vous aime, Edward... murmura-t-elle. Si j'ai demandé à Roger de m'amener à Yardcombe, c'est parce que je voulais vous voir, parce que je ne pouvais plus vivre sans vous, parce que je croyais que vous m'aimiez autant que je vous aime !

Une bouffée de parfum capiteux parvint aux narines du comte qui, malgré lui, eut un mouvement de recul. Il voyait enfin lady Maureen telle qu'elle était... Une poupée égoïste et vaniteuse n'ayant pas d'autre intérêt dans la vie que ses toilettes et ses plaisirs.

– Edward... murmura-t-elle en le regardant d'un air implorant.

Le comte la toisa sans aménité.

– Maureen, nous avons tous les deux oublié – et en cela nous avons eu grand tort –, que vous aviez un mari.

Lady Maureen ouvrit de grands yeux incrédules.

– Un mari ? Mais... quelle importance ? Pourquoi me parlez-vous de lui maintenant ? J'aimerais bien savoir ce qu'il vient faire entre nous !

– Je connais Wilson. C'est un homme que j'apprécie et que je respecte. J'ai honte de la manière dont nous l'avons tous les deux trahi.

– Vous êtes devenu complètement fou ! s'écria lady Maureen. Ah ! Roger avait bien raison quand il vous traitait de militaire aux idées pudibondes et étriquées !

Elle se mit à ricaner méchamment.

– Je parie que vous passerez bientôt tout votre temps à l'église pour y chanter des psaumes !

– C'est une idée...

Lady Maureen secoua la tête avec stupeur.

– Je ne vous comprends plus ! Que vous est-il donc arrivé, Edward ? Nous nous amusions tant ensemble ! Souvenez-vous, quand nous étions à Londres.

Comme le comte devenait silencieux, elle poursuivit d'un ton à la fois sarcastique et plein de défi :

– Seriez-vous devenu bêtement puritain du jour au lendemain ? Vous estimez maintenant qu'une femme doit être fidèle à son mari ? Ah, ah ! Si c'est vraiment le cas, mon cher Edward, je vous préviens que vous allez devenir la risée du Tout-Londres !

– Dites plutôt d'une partie de la société à laquelle vous appartenez, Maureen. Eh bien, ma réponse est celle-ci : laissez-les rire !

Lady Maureen se prit la tête entre les mains.

– Edward, je ne comprends plus... Que signifie donc tout ceci ? Chercheriez-vous par hasard à me faire comprendre que vous en avez assez de moi ?

Cette idée semblait lui paraître tout bonnement invraisemblable.

– Vous savez très bien que vous êtes une femme extrêmement séduisante, déclara le comte.

Elle se rengorgea.

– Mon cher Edward...

– Mais l'idée que je suis en train de vous voler à un autre me déplaît, coupa-t-il. Cela me gêne non seulement vis-à-vis de lui, mais aussi vis-à-vis de moi.

Lady Maureen se mit à taper rageusement du pied.

– C'est bien ce que je disais ! Vous êtes devenu fou ! Vous, le plus insatiable, le plus ardent de tous les amants que j'aie jamais connus, vous voici désormais bon pour... pour la camisole de force !

Elle secoua la tête avec incrédulité.

– Ce n'est pas possible !

Soudain, elle lui tendit les mains.

– Mon cher Edward, nous nous sommes tant aimés ! Et nous nous aimons toujours... Vous ne pouvez pas sérieusement envisager la rupture !

– C'est pourtant ce que nous avons de plus sage à faire, Maureen.

Le comte croisa les bras.

– Étant donné que nous n'avons plus rien à nous dire, mieux vaut mettre un terme à cette discussion.

– Très bien, j'ai compris ! s'écria-t-elle rageusement. Puisque c'est ainsi que je suis accueillie, je ne m'attarderai pas davantage.

Elle se mit à trépigner.

– Je vous hais, Edward ! Je vous déteste ! M'entendez-vous ?

Et, détachant ses mots, elle répéta :

– Je vous hais !

Le comte haussa les épaules.

– Vous m'en voyez navré. Mais qu'y puis-je ?

– Oh ! s'exclama-t-elle, sidérée.

Se souvenant soudain que sir Roger Chatham ne lui avait pas donné plus de dix minutes, elle se dirigea vers le hall, drapée dans sa dignité outragée.

– Vous le regretterez, Edward ! lança-t-elle d'une voix sifflante.

Là-dessus, elle claqua violemment la porte.

Resté seul, le comte alla ouvrir une fenêtre et respira à pleins poumons, comme pour se débarrasser des miasmes laissés par ses indésirables visiteurs.

Un peu plus tard, Harry le rejoignit et comprit tout de suite la situation. Sans dire un mot, il se dirigea vers la table où étaient disposés les rafraîchissements prévus avant le déjeuner et remplit deux coupes de champagne.

Il en apporta une au comte en disant :

– Vous avez eu tout à fait raison de mettre ce Chatham à la porte, Edward. C'est un individu méprisable !

Le comte but une gorgée de champagne avant de déclarer :

– Je suppose qu'ils vont maintenant colporter dans les salons londoniens tout un ramassis de mensonges ! Et, bien sûr, j'aurai le mauvais rôle dans l'histoire.

– Cela m'étonnerait !

– Pourquoi ?

– Ils n'oseront rien dire. Il est tellement ignominieux d'avoir été mis à la porte du château de Yardcombe ! Tout le monde pensera que vous avez eu une bonne raison pour agir comme vous l'avez fait.

– Croyez-vous ?

Harry sourit.

– Vous oubliez, mon cher ami, combien vous êtes devenu important maintenant !

L'estafilade que Dorina portait à l'épaule était désormais presque guérie. Pourtant la jeune fille se sentait terriblement déprimée. Elle avait espéré que le comte viendrait avec son père au presbytère après les obsèques de Jarvis... et il n'en avait rien été !

Son père lui avait appris que le comte et Harry Harringdon avaient été les seuls à assister à la cérémonie. Elle les imagina rentrant ensemble au château en riant et en plaisantant. Comme ils devaient se sentir libres et heureux, maintenant que la menace que représentait Jarvis avait disparu !

Le pasteur avait appris à sa fille que le comte lui avait annoncé son intention d'ouvrir au moins deux des anciennes sablières. Il avait aussi engagé plusieurs hommes jeunes pour dégager les allées de la forêt envahies par la végétation. Et il avait de nombreux autres projets...

« Il sait maintenant où il va et ce qu'il fait, se disait Dorina. Désormais, il n'a plus besoin de moi. »

Et cette pensée la rendait très triste...

Pendant qu'elle était au lit, Nanny – qui, étant maintenant aidée disposait de beaucoup plus de temps libre –, lui avait confectionné une robe neuve.

Il y avait bien longtemps que la jeune fille n'avait pas eu une nouvelle toilette ! Nanny avait pu se permettre d'acheter un métrage de mousseline au colporteur qui passait régulièrement dans le village. Et ce matin-là, Dorina étrennait une robe blanche d'une extrême simplicité mais qui lui seyait à ravir. Cette toilette à taille Empire, ornée de rubans en soie vert pâle récupérés sur une vieille robe de sa mère, la faisait ressembler à une nymphe.

Après déjeuner, un palefrenier amena deux chevaux pour que Rosabelle et Peter puissent faire leur promenade.

– Vous pouvez désormais vous promener dans le parc sans crainte, leur avait dit leur aînée.

Rosabelle avait battu des mains.

– Nous n'avons plus rien à redouter ! Jarvis est mort et enterré, tant mieux !

Presque automatiquement, Dorina l'avait corrigée :

– Il ne faut pas parler ainsi.

Mais elle-même ne remerciait-elle pas à chaque instant le ciel d'avoir permis la disparition de Jarvis ?

Dorina, qui désormais n'avait plus besoin d'aider à la vaisselle, décida d'aller se promener elle aussi.

– Je vais jusqu'à la clairière, Nanny, dit-elle à la femme de charge.

– Très bien, mademoiselle Dorina. Mais surtout ne vous fatiguez pas trop !

– Bah ! je suis désormais complètement remise.

La jeune fille prit la direction des bois et ne tarda pas à arriver dans une petite clairière bien dégagée d'où l'on avait une très belle vue sur le lac et le château.

Tout était silencieux... On n'entendait que le chant des oiseaux et le bruit du vent dans les feuilles. La jeune fille s'assit sur le tronc d'un arbre et contempla le paysage avec émotion.

« C'est magnifique ! » pensa-t-elle.

Son cœur se gonfla. Soudain, elle ne savait plus si elle était heureuse ou triste... Elle avait à la fois envie de rire et de pleurer.

Elle était en train de penser au comte quand il se matérialisa littéralement entre les grands arbres. Il arrivait au triple galop, monté sur un étalon noir couvert d'écume.

– Dorina...

D'un bond, il mit pied à terre et, après avoir attaché son cheval à une branche basse, s'approcha de la jeune fille dont le cœur se mit à battre la chamade.

Quand le comte ôta son chapeau et s'inclina devant elle, Dorina devint écarlate. Très frêle, très élégante dans sa robe blanche ornée de rubans vert pâle, elle baissa timidement les yeux.

« Comme il est beau ! » songea-t-elle, tandis que les battements de son cœur s'accéléraient encore.

– Nanny m'a dit que je vous trouverais ici, dit le comte.

– Je... j'ignorais que vous aviez l'intention de me rendre visite cet après-midi. Si je l'avais su, je serais restée à la maison.

Le comte esquissa un sourire,

– Vous permettez ?

Sans attendre la réponse de Dorina, il s'assit à côté d'elle.

– Je parie que vous pensiez au domaine et à tout le travail qu'il me restait à accomplir, dit-il.

– Vous en avez déjà fait beaucoup !

– Je me rends compte que ce n'est qu'un début. Mais venons-en à ce qui m'amène. Je vous cherchais, Dorina, pour vous remercier de m'avoir sauvé la...

La jeune fille leva la main dans un mouvement de protestation.

– Je vous en prie, ne parlons plus de cela ! Le principal, c'est que vous ayez réussi à triompher de Jarvis. J'en suis si heureuse !

– Heureuse ? Vraiment ? Pourtant vous n'aviez pas l'air très contente lorsque vous êtes venue me trouver pour la première fois au château !

Confuse, Dorina se détourna.

– Il fallait bien que quelqu'un prenne la défense de cette pauvre petite Mary Bell !

– Et me dise que le commandant Richardson ne faisait que des bêtises !

– Il est certain qu'en choisissant ce régisseur, vous avez commis une erreur, mais comme vous l'avez réparée très vite, à quoi bon revenir là-dessus ? Il est inutile de ressasser le passé : c'est à l'avenir qu'il faut penser.

– L'avenir... murmura Edward.

Et il se tut. Toujours très troublée par sa proximité, Dorina n'osait plus rien dire.

– Dorina, reprit soudain le comte, j'aimerais savoir ce que vous pensez de moi.

Elle s'attendait si peu à une telle question qu'elle ne sut que répondre. Le comte poursuivit à mi-voix :

– Nous avons vécu ensemble des moments difficiles – pour ne pas dire tragiques. Il est rare que deux personnes traversent de telles expériences. Après tout cela, j'ai peine à croire que vous me considériez toujours comme un étranger, un militaire de carrière devenu châtelain par hasard... De mon côté, j'avoue que je ne vous prends plus pour une simple fille de pasteur – une ravissante jeune personne, certes –, mais juste une petite villageoise...

Dorina laissa échapper un frais éclat de rire.

– Que suis-je d'autre ?

– Tout sauf cela !

– Alors comment me considérez-vous aujourd'hui ? interrogea Dorina avec curiosité.

– À vous de répondre d'abord à ma question.

Elle n'eut pas besoin de réfléchir longtemps, et ce fut sans hésiter qu'elle déclara :

– Eh bien, je suis très heureuse que vous soyez devenu comte de Yardcombe. Je me rends compte maintenant que le titre et le domaine n'auraient pas pu tomber entre de meilleures mains.

– Si je suis toujours comte de Yardcombe, c'est bien grâce à vous !

– Je vous avais demandé de ne plus parler de cela !

– Pour mener à bien ma tâche, je voudrais que vous m'aidiez, Dorina.

– Ce serait avec le plus grand plaisir.

Avec une délicieuse franchise, elle ajouta :

– Mais ce matin, justement, je me disais que vous n'aviez plus besoin de moi...

– Oh, si ! Dorina, maintenant que vous m'avez dit ce que vous pensiez de moi en tant que châtelain, j'aimerais connaître votre opinion à mon sujet... en tant qu'homme.

Elle le regarda avec surprise et il comprit alors qu'elle n'avait pas vraiment compris sa question.

La prenant par la main, il la fit se lever et la conduisit au bout de la clairière. De cet endroit, la vue sur le château, le lac et les grands arbres du parc était encore plus belle.

– Vous connaissez très bien Yardcombe, reprit Edward. Vous aimez ce domaine...

– Oh, oui !

– Mais pour moi, tout cela est nouveau. Jamais je n'avais eu l'occasion de venir ici jusqu'à présent... C'est pourquoi je voudrais savoir, Dorina, si vous pensez qu'un militaire de carrière n'ayant aucune ambition, sinon celle de devenir un jour général, est capable de diriger un domaine comme celui-ci.

La jeune fille hocha la tête.

– Ah, je comprends enfin votre question ! s'exclama-t-elle. Et ma réponse est oui, naturellement ! Vous avez appris énormément de choses à l'armée et personne ne saura mieux que vous mener Yardcombe...

Le comte laissa échapper un petit rire.

– Ce n'était pas cela que je vous demandais.

– Mais...

Il lui prit les mains.

– J'essayais de vous dire, de manière peut-être un peu compliquée... que... euh, que...

La jeune fille, qui comprenait de moins en moins, le regarda d'un air interrogateur.

– ... que je vous aime, acheva-t-il très bas.

– Vous... vous m'aimez ?

Elle le regarda avec des yeux agrandis. Dans cette légère robe en mousseline blanche, elle avait l'air d'une déesse, d'une nymphe, d'une fée, et le comte pensa qu'il n'avait jamais vu un visage aussi rayonnant, aussi exquis.

– Oui, je vous aime, Dorina,

Quand il attira la jeune fille contre lui et lui prit les lèvres dans un baiser d'une infinie tendresse, il la sentit frémir dans ses bras. Puis il releva la tête et la contempla avec ferveur.

– Dorina ?

– Moi aussi, je... je vous aime, murmura-t-elle.

Plus fort, elle répéta :

– Oui, je vous aime ! Jusqu'à cet instant, je n'avais pas compris que les sentiments que j'éprouvais à votre égard étaient tout simplement... de l'amour.

– Vous êtes adorable !

Le comte effleura la joue de Dorina du bout des doigts, avec autant de révérence que s'il touchait une précieuse porcelaine.

– Et quelle opinion avez-vous de moi en tant qu'homme ? demanda-t-il en souriant. C'est que vous ne me l'avez pas encore dit !

– Je pense que vous n'avez que des qualités. Vous êtes très intelligent, très bon, très gentil...

Elle rougit avant d'ajouter :

– Très beau, aussi... et j'ai peine à croire que vous m'aimiez.

– Je vous aime et n'ai pas de plus cher désir que celui de vous rendre heureuse.

Une larme perla aux longs cils de la jeune fille. Tout de suite, le comte s'inquiéta.

– Vous pleurez, mon amour ?

– Je pleure de joie, répondit-elle avec simplicité.

Elle lui adressa un petit sourire entre ses larmes.

– Ce qui ne m'empêche pas de m'inquiéter.

– Pourquoi, mon adorable Dorina ?

– Quand vous me connaîtrez mieux, vous risquez de me trouver bien ennuyeuse... Et vous souhaiterez alors retourner auprès de vos belles amies de Londres.

Le comte devina qu'elle pensait à lady Maureen.

– Je n'avais pas l'intention de mentionner la visite que j'ai reçue juste avant déjeuner, mon amour... Mais comme je suppose que tout le village sera bientôt au courant de la nouvelle, autant que je vous en parle ! Figurez-vous que sir Roger Chatham est arrivé au château sans même prévenir... et que je l'ai mis à la porte.

– Oh !

– N'était-ce pas ainsi que vous m'auriez conseillé d'agir ?

– Naturellement ! s'exclama la jeune fille. De cette manière tout le monde saura que vous désapprouvez totalement sa conduite envers Mary Bell !

– Il n'était pas seul. Lady Maureen l'accompagnait...

Dorina se raidit.

– Ah ! fit-elle seulement en détournant la tête.

Le comte resserra son étreinte.

– Je lui ai annoncé ma décision de rompre. Là aussi, j'avais commis une grave erreur, Dorina. Comment ai-je pu m'abaisser à avoir une liaison avec une femme mariée ? D'autant plus que je connaissais son mari. C'est un homme que j'apprécie, que je respecte, et...

– Co... comment a-t-elle réagi ?

– Elle était furieuse.

– Même pas peinée ?

Le comte prit les mains de la jeune fille.

– Ne parlons plus de lady Maureen, ni de sir Roger, ni de Jarvis... Tout cela fait partie d'un autre monde, d'une autre vie ! Pensons plutôt à l'avenir... et à nous deux. Dorina, je voudrais que vous deveniez ma femme le plus vite possible !

La jeune fille ouvrit de grands yeux.

– Votre femme ? Moi ? Vous voulez que je devienne la... la comtesse de Yardcombe ?

Le comte lui effleura de nouveau les lèvres d'un baiser.

– Pourrais-je mieux choisir celle qui m'accompagnera tout au long de ma vie ? Je vous aime, Dorina.

Avec un élan venu du plus profond d'elle-même, la jeune fille noua ses bras autour de la nuque de l'homme qui représentait désormais tout pour elle.

– Je vous aime... Edward.

Là-bas, de l'autre côté du lac que le soleil faisait étinceler de mille paillettes argentées, la fière silhouette du château de Yardcombe se détachait sur le vert profond des grands arbres du parc, sur le bleu intense du ciel...

Le cœur de Dorina se gonfla.

« Comme la vie est belle ! » songea-t-elle, ivre de bonheur.

Barbara Cartland

Samantha des années folles
1144/2
Comtesse Natacha
1145/2
L'amour joue et gagne
1360/2
Les deux cousines
1384/3
Vanessa retrouvée
1385/2
Rencontre à Lahore
1401/2
Un baiser pour le roi
1426/2
Lune de miel au Rajasthan
1440/2
Fortuna et son démon
1454/2
Les vibrations de l'amour
1608/2
Duchesse d'un jour
1609/2
Un amour de légende
1747/2
Ola et le marquis
1775/2
Le festin secret 1776/2
La force d'une passion
1990/1
La revanche du cœur
2005/1
La puissance d'un amour
2030/2
Idylle à Calcutta 2049/2
Le marquis et l'ingénue
2068/2
Un amour conquérant
2145/2
Un éternel enchantement
2230/2
Le choix du prince 2242/2
Loin de l'amour 2243/2
La gondole d'or 2286/2
Toujours plus haut l'amour
2301/2
Le chemin de l'amour
2318/2
Le portrait de l'amour
2367/2
La perfection de l'amour
2401/2
L'irrésistible charme d'Helga
2429/2
La magie de l'amour
2446/2
Le jardin de l'amour
2447/2
Dans les bras de l'amour
2465/2
Evasion pour le bonheur
2548/1
Une douce tentation
2627/2
Lilas blanc
2701/2
Passions victorieuses
2757/2
Pour une princesse
2776/2
Dangereuse passion
2777/2
L'amour victorieux
2796/1
Juste un rêve
2812/2
Amour, argent et fantaisie
2832/2
Le temple de l'amour
2847/1
La princesse des Balkans
2856/1
Douce enchanteresse
2857/1
Un baiser de soie
2889/2
Le parfum des dieux
2960/1
Un ange passe 2972/1
Danger pour le duc
3047/2
Les ailes de l'amour 3108/3
Une fuite éperdue 3125/3
Un tel enchantement
3271/3
Cœur volé
3324/3
Le château des rêves
3452/2
Idylle romaine
3520/2
Pour l'amour de vous
3538/2
L'amour en automne
3539/2
Le moulin des passions
3558/2
En cachette 3559/2
Prise au piège 3572/2
La malédiction vaincue
3573/2
L'impossible bonheur
3595/3
Une irrésistible passion
3596/2
L'ombre du passé 3615/2
L'amour est un labyrinthe
3616/2
Miracle à Chadwood
3639/2
Les deux mariages de Thérésa
3774/2
Sous le soleil de Grèce
3775/2
Idylle à Lucca 3808/2
Les sortilèges du cœur
3809/2
Pour l'amour d'un chevalier
3841/2
L'homme de mes rêves
3842/2
Fiançailles forcées
3862/2
Le roi sans cœur 3863/2
Trahison ! 3884/2
Princesse d'un jour
3885/2
La fausse duchesse
3901/2
La vengeance du comte
3902/2
Rêve provençal 3918/2
Ma sœur, mon amie, mon ennemie
3941/2
Rivalités amoureuses
3967/2
La beauté trahie 3986/2
Un baiser dans le désert
3997/2
L'éternité de l'amour
4017/2
Le roi et elle 4040/2
Fuite en Cornouailles
4059/2

Aventures et Passions

Quand les passions se déchaînent, quand elles entraînent des êtres prêts à tout pour les vivre dans un tourbillon d'aventures tumultueuses, elles sont dans la collection Aventures et Passions.

De l'Angleterre moyenâgeuse à la Louisiane déchirée par la guerre de Sécession, des îles Caraïbes aux rivages de l'Inde, Johanna Lindsey, Julie Garwood, Jennifer Blake, Kathleen Woodiwiss et tous les meilleurs auteurs du genre dressent pour vous des décors historiques somptueux. Suivez les aventures de leurs héroïnes rebelles que seul l'amour parvient à dompter.

BITTNER Rosanne
Pionnière au Montana
3970/6 Inédit

BLAKE Jennifer
Sérénade en Louisiane
3169/5
Les chaînes de l'amour
3240/5
Un éden sauvage
3347/6
Le vengeur créole
3415/5
Le temps d'une valse
3758/5
Bien qu'ayant fait un mariage de convenance, Amélie n'aura pourtant de cesse qu'il soit consommé. Mais au matin, elle s'apercevra qu'elle a pris, sans le savoir, un amant !

BRANDEWYNE Rebecca
La lande sauvage
3018/5
Duel sur la lande
3055/4
Pour l'amour d'un comanchero
3159/7
La passion du conquistador
3285/5
Pour échapper aux intrigues perverses de Don Rodolfo, Aurora est prête à s'enfuir au bout du monde !
Les amants hors la loi
3397/6
Un mari en héritage
3543/5
La prisonnière du drakkar
3907/5 Inédit

BUSBEE Shirley
Le quiproquo de minuit
2930/5
Au-delà du pardon
2957/5
L'appel de la passion
3056/8
Sous le sceau de l'amour
3287/7

CAMDEN Patricia
Sous la coupe du Sultan
3704/6 Inédit
Le fils du diable
3868/5 Inédit

COPELAND Lori
Hannah l'indomptable
3260/2
Les traîtrises de l'amour
3414/5
La piste de la vengeance
4061/4 Inédit

COULTER Catherine
Esclave du Viking
4023/5 Inédit

DAILEY Janet
Le solitaire
1580/4

DEVERAUX Jude
La saga des Montgomery
- Les yeux de velours
2927/5
- Un teint de velours
3003/5
- Une mélodie de velours
3049/4
- Un ange de velours
3127/4
Les dames de Virginie
- Kidnappée par erreur
3180/5
- La fiancée délaissée
3181/4
- Mariage forcé
3182/5
- Le pays enchanté
3372/5
Duel de femmes
3447/4
L'homme au masque
3523/4
Les entraves de l'amour
3643/5
La duchesse infidèle
3683/6 Inédit
Un mari par procuration
3794/4
Directrice d'une agence matrimoniale, Carrie tombe amoureuse d'un de ses clients en voyant sa photo...
La tentatrice
3889/5 Inédit
A vingt-huit ans, Christiana n'est toujours pas mariée. De plus, elle est résolue à faire carrière comme reporter. Est-ce là un métier pour une jeune fille de bonne famille ? Furieux, son père engage deux hommes pour la ramener à la maison. Tynan et Asher parviendront-ils à remplir leur mission ?
L'éveil d'Amanda
4045/4

Aventures et Passions

FEATHER Jane

La favorite du sérail
3448/6
A Grenade, à la fin du XVe siècle, la belle Sarita succombe au charme d'Abdul, le seigneur maure qui règne sur l'Andalousie. Cependant dans le sérail de l'Alhambra, de sombres complots se trament contre la favorite.

La nuit de Saint-Petersbourg
3560/6

La favorite afghane
3664/7 Inédit
Muté par ses supérieurs en Afghanistan, le capitaine Kit Ralston de l'armée britannique ne s'attendait certes pas au charmant spectacle d'une ravissante jeune femme indigène, se baignant nue dans une rivière ! Mais la belle Ayesha est la favorite du cruel Akbar Khan...

FINCH Carol

Aveuglée par l'amour
3777/6

Séduction au clair de lune
3946/6 Inédit

GARLOCK Dorothy

Le métis apache
3594/5

GARWOOD Julie

Sur ordre du roi
3019/5

Un ange diabolique
3092/5

Un cadeau empoisonné
3219/5

Désir rebelle
3286/5

La fiancée offerte
3346/5

Le secret de Judith
3467/5

Un mari féroce
3662/6 Inédit

Le voile et la vertu
3796/5

HAGAN Patricia

Violences et passions
3201/6

Folies et passions
3272/5

Gloires et passions
3326/6

Fureurs et passions
3398/5

Splendeurs et passions
3541/5

Rêves et passions
3682/6 Inédit

Honneur et passions
3756/5

Triomphe et passions
3847/5

HANNAH Kristin

Pépites d'or
4004/7 Inédit

HAZARD Barbara

L'aventurier des Bermudes
3703/7 Inédit

Coup monté
3811/6

HENLEY Virginia

La colombe et le faucon
3259/5

La fleur et le faucon
3416/6

La rose et le corbeau
3522/5

Les amants secrets
3641/7 Inédit

Mariage à l'essai
3866/7 Inédit

La travestie de Venise
3969/7 Inédit
Pour éviter que la propriété familiale ne tombe aux mains d'un cousin sans scrupules, Antonia prend l'identité de son frère jumeau, disparu en mer. C'est alors qu'arrive son tuteur, Adam Savage, un aventurier qui a fait fortune à Ceylan. Trouvant le jeune Tony trop timoré, il entreprend de faire son éducation...

JOHANSEN Iris

Prince de cœur
3757/7
Dans l'Inde de l'époque coloniale, l'intrépide Jane Barnaby dirige la construction d'une voie ferrée et connaît une passion tumultueuse auprès du beau Ruel, un aventurier écossais.

JOHNSON Susan

Proposition malhonnête
3542/5

Le séducteur sauvage
3642/6 Inédit

Les enchères de la passion
3705/7 Inédit

JOYCE Brenda

Le fier conquérant
3222/5

Des feux sombres
3371/5

Candice la rebelle
3684/7 Inédit

KLEYPAS Lisa

Par pure provocation
3945/5 Inédit
Arrogante et provocatrice, Lily Lawson semble prendre plaisir à choquer la bonne société londonienne. Au point que sa famille, outrée par ses extravagances, ne la reçoit plus. Lily va même jusqu'à tenter de séduire le fiancé de sa sœur, le hautain Lord Alex Raifort. Mais le secret de sa conduite scandaleuse ne réside-t-il pas dans une terrible blessure ?

L'ange de minuit
4062/4 Inédit
Condamnée à mort pour le meurtre de son fiancé, un pervers qu'on a retrouvé égorgé, Tasia parvient à s'enfuir de Russie et gagne l'Angleterre. Sous un nom d'emprunt, elle entre comme gouvernante au service de Lord Stokehurst. Celui-ci succombe peu à peu au charme exotique de la mystérieuse jeune femme.

Aventures et Passions

LANDIS Jill Marie
L'héritage de Jade
3449/6

LINDSEY Johanna
Samantha
2533/3
Esclave et châtelaine
2925/4
La révoltée du harem
2956/6
La fiancée captive
3035/4
Les feux du désir
3091/5
La Viking insoumise
3115/5
Un si doux orage
3200/4
Un cœur si sauvage
3258/4
En recherchant son père disparu en territoire comanche, Jessica va découvrir la passion dans les bras de son guide, Chandos.
Epouse ou maîtresse ?
3304/3
Captifs du désir
3430/4
Une fiancée pour enjeu
3593/5
Paria de l'amour
3725/4
Les frères Malory
- Passagère clandestine
3778/5
- Le séducteur impénitent
3888/4 Inédit
- Tendre rebelle
4003/4 Inédit
Fuyant son cousin qui veut s'emparer de sa fortune, Roslynn, une ravissante écossaise de vingt ans, débarque à Londres en 1818. Il lui faut d'urgence trouver un mari pour la protéger car son cousin semble prêt à tout. Mais le bel Anthony Malory, qu'elle rencontre au cours de son premier bal, est un célibataire endurci !

LOWELL Elizabeth
Poker menteuse
3726/5
Aventure dans les Rocheuses
3988/4 Inédit

McKINNEY Meagan
L'enchanteresse perverse
3239/5
L'ange de la vengeance
3373/5
Le corsaire des Caraïbes
3490/5
Le secret de la passion
3795/6
Le secret de la veuve
3923/6 Inédit

McNAUGHT Judith
Les machinations du destin
3399/7
Incorrigible séducteur, le duc Jordan ne croit pas à l'amour. Pourtant il décide un jour de se marier avec une inconnue, par simple reconnaissance : elle lui a sauvé la vie. Mais Alexandra est ravissante et elle a de l'esprit !
Compromise
3521/6
La scandaleuse
3741/5
L'amant de l'ombre
3810/7
Que faire lorsque votre fiancé vous a abandonnée et qu'un beau ténébreux demande à être consolé d'une expérience conjugale malheureuse ?

MATTHEWS Patricia
La promesse sauvage
2987/5
Les trois amours de Rachel
3160/6
Le déchaînement des passions
3348/5

MICHAELS Fern
Passions captives
3492/7
Dans la tourmente du désir
3575/8

MILLER Linda Lael
Pendue ou mariée
3614/4
L'épouse yankee
3867/5 Inédit

MORSI Pamela
La liaison scandaleuse
4021/5 Inédit

NERI Penelope
Séductrice en guenilles
3562/8
La captive du Sahara
3644/7 Inédit

O'BANYON Constance
L'amante masquée
3428/6

O'GREEN Jennifer
Prisonnière du roi
2981/5

ORWIG Sara
La belle d'Albuquerque
3890/4 Inédit
La belle de La Nouvelle-Orléans
3968/6 Inédit

POTTER Patricia
Le flambeur du Mississippi
3468/6
Sans foi ni loi
3561/5

QUICK Amanda
La séductrice inattendue
3491/5
La dame voilée
3612/5
Etrange passion
3921/4

Aventures et Passions

REDD Joanne
La fiancée du désert
2926/4
Le rêve chimère
2980/5
L'aventurière de Fort Alamo
3328/5
Danse avec le feu
3429/4
La fiancée apache
3663/6 Inédit

ROBARDS Karen
Désirs fous
2928/5
La lune voilée
2979/5
Mississippi belle
3070/4
Le brigand aux yeux d'or
3142/5
Promise au bûcher
3221/5
Esclave de personne
3327/5
Les sortilèges de Ceylan
3466/5

ROGERS Rosemary
Amour tendre, amour sauvage
952/4
Le grand amour de Virginia
1457/4
Pour se venger de son mari, qu'elle soupçonne de lui être infidèle, Virginia s'embarque à Cuba avec un don Juan notoire. Au cours d'une escale dans un petit port, un tremblement de terre va bouleverser sa vie.
Le métis
2392/5
Esclave du désir
2463/5
Le désir et la haine
2577/7

RYAN Nan
Esclave de soie
2929/5
Le prince aztèque
3071/5
La légende de l'amour
3247/5
Le ravisseur indien
3574/6
L'amour pour mission
3846/5 Inédit
A la recherche de son frère disparu, Kay arrive à San Francisco en 1883. Elle découvre bientôt avec horreur que la maîtresse de ce dernier travaille dans un saloon comme... danseuse nue !

SMALL Béatrice
La captive d'Istanbul
3613/6
Chassé croisé
3776/7
Des brumes d'Ecosse aux rives d'Istanbul, quatre hommes se disputent le cœur et le corps de la belle Cat.

SMITH Bobbie
Capture mon cœur
3922/6 Inédit

SPENCER LaVyrle
N'aimer qu'une fois
3906/6 Inédit
Cache-cache amoureux
4046/6 Inédit

STUART Anne
Désirs masqués
3845/5 Inédit
Séducteur sans scrupule
4002/5 Inédit

SUTCLIFFE Katherine
Un défi amoureux
3592/4

TRENT Lynda
Coup de patte
3509/6
Jumelles et rivales
3724/6

WEYRICH Becky Lee
Le vent brûlant de Bombay
3036/5
Le chardon et la rose
3110/6
La proie du pirate
3158/5
Lune gitane
3202/5
Le bal masqué de Géorgie
3303/5
L'esclave de l'empereur
3905/5 Inédit

WIGGS Susan
Le renégat
3944/6 Inédit
Le lys et le léopard
4022/6 Inédit

WOODIWISS Kathleen
Quand l'ouragan s'apaise
772/4
Le loup et la colombe
820/4
Shanna
1983/5
Cendres dans le vent
2421/7
Qui es-tu, belle captive ?
2998/6
L'inconnue du Mississippi
2509/3
A la cour du tsar
4047/6
Orpheline, Zinovia reçoit du tsar l'ordre de rejoindre Moscou : il est inadmissible qu'une jeune aristocrate reste seule sur ses terres. Elle doit être mariée au plus vite à un homme de son rang. Mais sur la route de Moscou surgit unne horde de brigands, menée par le cruel Ladislas. Un simple regard sur sa superbe prisonnière et voilà Ladislas conquis : Zinovia sera sa maîtresse, de gré ou de force.

Amour et Destin

Des femmes exceptionnelles découvrent dans l'amour le sens de leur vie. Elles iront jusqu'au bout de leur quête, quel qu'en soit le prix. Héroïnes modernes, elles ont décidé de prendre en main leur destin et de l'assumer, dans un monde trop souvent hostile.

BENNETT ELIZABETH
Le balancier du cœur
3598/6
Jolie, douée mais obèse et malheureuse, Janie quitte un jour la Nouvelle-Angleterre pour devenir directrice artistique dans une agence de publicité new-yorkaise. Elle y gagnera son indépendance, perdra les kilos qui la gênaient et surtout découvrira, après quelques errances, le véritable amour.

Cœurs et âmes
3971/5 Inédit
Que cache la mort de Miranda, célèbre et richissime présentatrice de télévision, qui lègue toute sa fortune à sa sœur ? Cassie va tenter de découvrir les secrets des hommes d'affaires qui l'entouraient. Mais elle tombe bientôt dans les bras de son séduisant beau-frère. Est-ce un piège tendu à Cassie pour détourner son attention ?

BENZONI JULIETTE
Le Gerfaut
– Le Gerfaut
2206/6
– Un collier pour le diable
2207/6
– Le trésor
2208/5
– Haute-Savane
2209/5

BINGHAM CHARLOTTE
Ombre et lumière
3493/7 Inédit

BLAKE JENNIFER
Les secrets du passé
3323/6
Dans le décor luxuriant de La Nouvelle-Orléans, les passions se déchaînent autour de Riva, prisonnière d'un mystérieux passé.

Délices et fureurs
3525/6
Le parfum de la passion
3759/6

BRISKIN JACQUELINE
C'est écrit dans le ciel
3139/7
Au sommet de sa gloire, Alyssia del Mar, star secrète et fascinante, convoque les Cordiner. Elle a fait autrefois partie de cette famille de magnats du cinéma. Ils l'ont humilée et elle a décidé de se venger...

Cœurs trahis
3431/7

BROWN SANDRA
French Silk
3472/7
Des secrets bien gardés
3617/6
Substitution ?
3666/6 Inédit
Texas !
– Le destin de Lucky
3282/3
– Le destin de Rocky
3432/3
– Le destin de Sally
3563/3
Le souffle du scandale
3727/7
En quelques heures, trois voyous sans scrupules font basculer la vie de Jade dans l'horreur. Désormais, elle n'aura plus qu'un but : se venger. Dillon parviendra-t-il à lui redonner le goût du bonheur ?

CLARKE BRENDA
Au-delà du monde
3618/5
Qui était cet homme auprès de qui elle a vécu durant vingt-cinq ans ? Rowland l'a-t-il vraiment aimée ?

COOKSON CATHERINE
Le bonheur secret d'Emma
3343/5
Dès son plus jeune âge, Emma a compris qu'un seul homme compterait pour elle : le pasteur Henri Grainger.

Les tourments d'Annabella
3487/7

DAILEY JANET
Le mal-aimé
1900/4
Prisonniers du bonheur
2101/4
Le triomphe de l'amour
2430/5

DEJONG LINDA RENÉE
Illusions brisées
3395/6

DELINSKY BARBARA
Une femme trahie
3396/7
Lorsque Jeff, son mari, disparaît brusquement, Laura se trouve confrontée à une situation financière catastrophique. Avec horreur, elle comprend alors qu'elle vivait auprès d'un inconnu.

La quête de Chelsea Kane
3450/6
Empreintes
3576/6
Un moment d'égarement
3728/7
Le mystère de Mara
3972/7

Amour et Destin

DE MAREZ Marnie

L'épouse indésirable
3686/5 Inédit
Un mari sous contrat
4019/5 Inédit

En découvrant qu'il est ruiné, Reynald, duc de Wedgwood, se retrouve à la merci de son principal créancier. Lorsque ce dernier exige qu'il épouse une de ses filles, Reynald est contraint de s'exécuter. Et le charme de la ravissante Lydia ne parviendra pas à l'attendrir. C'est du moins ce qu'il a décidé...

DEVERAUX Jude

Entre ses mains
3544/6 Inédit
La patience récompensée
3843/2 Inédit
Accords parfaits
3942/3 Inédit

EDMONDS Lucinda

Sous le charme
4001/8 Inédit

A dix-sept ans, Maddie a hérité de la grâce et du talent de sa mère, danseuse étoile tragiquement disparue. Lorsque, marchant sur ses traces, Maddie est acceptée dans le corps de ballet de l'Opéra de Londres, ses rêves s'écroulent. Le monde de la danse est impitoyable et la jeune fille, cible des jalousies et des rivalités, va en payer le prix fort...

FIELDING Joy

Les amours déchirées
3545/5

GOLDREICH Gloria

Rencontre
3471/5

HEATH Lorraine

Entre deux flammes
4044/6 Inédit

HOAG Tami

L'homme des marais
3706/5 Inédit

JAGGER Brenda

L'amour revient toujours
3390.5

KRENTZ Jayne Ann

Le petit-fils prodigue
3707/5 Inédit
Un mariage blanc
3797/5 Inédit
Talents cachés
3943/6 Inédit

Qui aurait pu croire à une telle rencontre ? Serenity est épicière, spécialisée dans les produits bio. Calec, un jeune loup de la finance. Pourtant, Serenity va découvrir les drames secrets de cet homme, mais aussi ses talents cachés. Seul, le grand amour peut unir ces êtres que tout semble séparer.

LAIMAN Leah

La richesse du cœur
3887/4 Inédit

Héritier des usines automobiles D'Uberville Motors, Andrew est fiancé à Bethany Havenhurst : un mariage de raison plus que d'amour. Mais un soir d'été, au bord du lac de Millpond où doit être édifiée une nouvelle usine, il rencontre Samantha Miles, mécanicienne et simple employée de l'entreprise...

LAKER Rosalind

Reflets d'amour
2129/5 Inédit
Le sentier d'émeraudes
2351/6
Splendeur dorée
2549/5

LAROSA Linda

Princesse Alexandra
3358/7

Par un beau matin d'été de 1868, une jeune femme s'enfuit du domicile conjugal, en Autriche, et se réfugie à Paris, sous une fausse identité. C'est Alexandra, cousine de l'empereur François-Joseph...

MACOMBER Debbie

L'amour par petite annonce
3865/5 Inédit

Débordé par ses trois neveux orphelins, dont il a désormais la charge, Travis, célibataire endurci, se résoud à passer une annonce matrimoniale. Parmi toutes les réponses qu'il reçoit, une lettre retient son attention : celle de la timide et solitaire Mary. Mais peut-on trouver l'amour par petite annonce ?

Des anges passent
3987/5 Inédit

Ne vous posez plus de questions sur le sexe des anges : le problème est ici résolu. Ce sont de charmantes jeunes femmes que leur patron, l'archange Gabriel, envoie sur terre pour exaucer nos prières. Monica cherche un mari, Léah veut un bébé, Shirley cherche un père pour son fils. Les anges vont les aider à trouver le bonheur.

MANSELL Jill

Malentendus
3685/6 Inédit
Pour la magie d'un baiser
3779/6

Trois femmes en quête du bonheur...

Troublante différence
3904/7 Inédit

Las de ses liaisons successives avec des top models au corps parfait et au cœur vide, le photographe Guy Cassidy s'interroge sur sa vie et sur les femmes, lorsqu'il rencontre les sœurs Vaughan...

Amour et Destin

McNAUGHT JUDITH
L'homme qui haïssait les femmes
3665/4 Inédit
Où tu iras, j'irai
3760/6
Lorsqu'un inconnu vous demande de tout abandonner pour le suivre à Porto Rico, on a certes le droit d'hésiter...

MORSI PAMELA
Amour pour rire
4043/5 Inédit
Fille d'un pasteur, en Oklahoma, Tulsa se croit laide. De plus, le médecin sur lequel elle a jeté son dévolu, vient de l'éconduire. Grave humiliation, à laquelle son ami Luther décide de remédier : pour faire cesser les commérages, les jeunes gens prétendront qu'ils sont fiancés.

PEARSON MICHAEL
Une femme d'argent
3359/5
De New York à Londres, en ce début de siècle, l'irrésistible ascension de Victoria dans le monde de la haute finance.

PLAIN BELVA
Les trésors de la vie
3524/7

QUIN-HARKIN JANET
Grace au ciel
3812/5

RENICK JEANE
Fais-moi confiance
3597/6
L'enfant de la dernière chance
3742/6
Un bébé ! Cette idée obsède Marielle, à qui la nature ne laisse plus beaucoup de temps. Après mille péripéties, elle aura enfin ce qu'elle veut, et le bonheur en prime.

Le regard de Leanna
3844/6 Inédit

SAWYER MERYL
Méfiez-vous des inconnus
3780/8
Promets-moi l'amour
3903/6 Inédit

SELINKO ANNEMARIE
Désirée
3374/5 & 3375/5

SIMPSON PAMELA
Revers de fortune
3451/7

SMITH DEBORAH
L'amour par Miracle
3564/7 Inédit
Le saule bleu
3645/7 Inédit
Le rubis de Pandora
3886/6 Inédit

SPENCER LAVYRLE
Doux amer
2942/7 Inédit
Demain le bonheur...
3798/8 Inédit
En 1917, Lannie rejoint son nouveau poste d'institutrice dans le Dakota. La jeune femme va découvrir les grandes plaines du Middle West, des gens simples et vrais, et trouver l'amour.

Chambre à part
3919/7 Inédit
La voix du cœur
4020/4 Inédit

TAYLOR LUCY
Les années de feu
3646/6 Inédit

THIERY ALAIN
La chirurgienne
3880/6

THOMAS ROSIE
Célébration
3357/5
Œnologue réputée, Bell est fermement décidée à faire carrière dans un monde habituellement fermé aux femmes. L'amour va, toutefois, orienter différemment son destin.

La belle conquérante
3510/9

WEBB PEGGY
Un amour de dauphin
3920/5 Inédit
Né avec la maladie bleue, Jeffy est, à quatre ans à demi-paralysé et enfermé dans un mutisme absolu. Pour le sortir de son silence et de sa dépression, Susan, sa mère, l'emmène au Centre de Recherches Océaniques, où s'ébattent les dauphins. C'est là qu'elle rencontre Paul Tyler, un chirurgien au passé douloureux.

La passion d'Aigle Noir
4060/6 Inédit
Tout juste diplômée de la faculté de médecine, Kate Malone a accepté le poste qu'on lui propose dans une réserve indienne de l'Oklaoma. Dès son arrivée, elle s'éprend d'Aigle Noir, le fils du chef de la réserve. Mais leur liaison dérange la population de la réserve, qui n'est guère favorables aux mélanges raciaux, et un incendie criminel ravage bientôt le dispensaire de Kate.

4085

R.I.D. Composition 91400 Gometz-la-Ville
Achevé d'imprimer en Europe (France)
par Brodard et Taupin à La Flèche (Sarthe)
le 8 décembre 1995. 6744M
Dépôt légal décembre 1995. ISBN 2-277-24085-0
Éditions J'ai lu
27, rue Cassette, 75006 Paris
Diffusion France et étranger : Flammarion